D1514267

JOURNAL D'ADELINE

© Éditions Nathan (Paris, France), 2011
Loi n° 49-956 du 16 juillet 1949
sur les publications destinées à la jeunesse
ISBN 978-2-09-253072-6

JOURNAL D'ADELINE
Un été avec Van Gogh

Marie Sellier

Nathan

Vendredi 16 mai 1890

C'est décidé, je mettrai ma robe blanche à pois bleus et un ruban assorti dans mes cheveux, le beau en soie que mamé m'a donné. J'avais d'abord pensé me faire un chignon, mais je crains qu'il ne se défasse et je n'ai pas envie de me retrouver tout échevelée. J'ai tellement hâte !

Je crois que j'ai pensé à tout. Après le dîner, j'irai comme tous les soirs dans ma chambre, mais au lieu de me coucher, je me préparerai, je mettrai ma robe, je me coifferai et je sortirai sans faire de bruit par la petite porte de derrière. Il a dit qu'il m'attendrait dehors.

Comme je suis heureuse ! Mon cœur bondit dans ma poitrine comme s'il voulait s'en échapper. Mon premier bal ! Vivement demain !

Samedi 17 mai

J'ai cassé un verre tout à l'heure en débarrassant les tables. Maman a fait toute une histoire, s'est lamentée, m'a traitée de dinde. Elle est si dure avec moi ! Un accident, ça peut arriver à tout le monde. J'ai eu un moment d'inattention et, je le reconnais, j'ai sans doute voulu aller trop vite. Je n'ai pas la tête à ce que je fais. J'obéis à maman comme un automate, mais, en vérité, je ne pense qu'au bal. Je compte les heures.

Pourvu que papa ne ferme pas la petite porte de derrière… Il la laisse toujours ouverte. Mais sait-on jamais ?

J'ai fait un essai avec le ruban bleu. Il est de la couleur de mes yeux, c'est joli, incontestablement, mais banal. Je crois qu'un rouge serait plus piquant. Je vais en changer.

Dimanche 18 mai 1890

Est-ce qu'il faut toujours tout payer dans la vie ? Est-ce que tout bonheur a un prix ? Pourtant, la petite porte n'était pas fermée et j'ai pu rentrer sans encombre dans la maison au petit matin. J'avais pris soin d'enlever mes chaussures et c'est sur la pointe des pieds que j'ai regagné ma chambre. Quel choc de découvrir papa et maman qui m'attendaient assis sur mon lit, raides comme deux statues de sel !

Maman m'a littéralement bondi dessus pour me donner une gifle à m'en décrocher la tête. J'ai encaissé sans rien dire. Puis, une fois soulagée, elle s'est livrée à un interrogatoire en règle : où ? Avec qui ?… J'ai tout raconté. Je n'avais plus rien à cacher. Maman a crié, tempêté. Elle dit que je suis une moins que rien.

Quant à papa, il se taisait. Il est reparti se coucher sans avoir dit un mot.

Comment ont-ils découvert mon absence ? Ils ne viennent jamais dans ma chambre le soir. Ce doit être maman : elle a des antennes.

Au petit déjeuner, elle avait la mine féroce. Que n'ai-je entendu ? Je ne suis qu'une menteuse, une dissimulatrice, on ne pourra plus jamais me faire confiance… Elle criait si fort que Germaine s'est mise à pleurer. Pauvre chérie, que peut-elle comprendre, à deux ans, des grands déferlements de fureur de sa mère ?

Papa, lui, m'a simplement dit : « Tu me déçois,

Adeline », et je dois avouer que son regard triste m'a fait plus d'effet que les glapissements de maman.

Ils me reprochent tous les deux de ne pas leur avoir demandé la permission, mais comment aurais-je pu faire autrement ? Je savais bien qu'ils me l'auraient refusée. Ils disent qu'à treize ans on ne va pas au bal, que j'en paraisse seize n'y change rien. Ils exagèrent, j'aurai bientôt quatorze ans. Mais je n'ai aucun regret, et s'il fallait recommencer, je retournerais au bal, avec ou sans leur autorisation.

Je me suis amusée comme jamais, j'ai dansé à en avoir le tournis et à la fin, je peux l'écrire ici, Louis m'a embrassée.

Lundi 19 mai

Hélène est absente depuis hier. Ça n'arrange rien. Il paraît qu'elle est malade. Ça ne pouvait pas tomber plus mal, car hier, justement, il faisait beau, et lorsqu'il fait beau, ces messieurs-dames de Paris montrent le bout de leur nez. C'est de saison, comme la ponte des canards ou le vêlage des vaches. Dès le premier soleil, on quitte la capitale pour venir respirer le bon air d'Auvers et profiter de la cuisine de

« la Mère Ravoux ». C'est le nom qu'ils lui donnent, je les ai entendus.

Maman était seule en cuisine, et moi, j'ai assuré le service comme j'ai pu, avec l'aide de papa qui s'en serait bien passé, mais qui a bien été obligé de mettre la main à la pâte vu l'humeur de sa femme.

En tout cas aujourd'hui, entre le bal et les allées et venues de la salle à la cuisine, je n'ai plus de jambes.

Mardi 20 mai 1890

Maman est passée à côté de moi sans me regarder et elle a dit sèchement, comme si j'étais une domestique : « Monte faire la chambre du second. La 5 ! »

Ses ordres claquent comme des gifles.

Pas un s'il te plaît. Pas un merci. Elle est toujours fâchée et me le montre bien. Ça n'est pas dans sa nature, de dissimuler. Il est vrai que depuis qu'Hélène est malade, papa et elle ne savent plus où donner de la tête. Inutile, bien sûr, de compter sur Julien pour les aider. Il a beau ressembler à un ange, il n'y a que sable et poussière sous ses boucles blondes. Il n'est pas comme nous. Je me demande ce qu'il serait devenu si nous ne l'avions pas recueilli à l'auberge, il y a un an, lorsque son père est mort. C'était l'associé de papa. Pour être honnête, il ne nous dérange pas beaucoup, Julien. Il est tout simplement bizarre. Il ne fait pas de bruit et finalement se satisfait de tout, du moment qu'on le laisse collectionner ses bestioles, ses amis coléoptères, hannetons, cafards ou blattes. Il les aligne dans des boîtes et les regarde pendant des heures. Je ne comprends pas le plaisir qu'il y trouve.

Enfin, heureusement que je suis là pour aider à la cuisine et en salle et pour jeter un œil sur Germaine, qui, toute facile et sage qu'elle soit, n'en fait pas moins des bêtises de petite fille. Hier, elle a commencé à découper une nappe avec des ciseaux qui traînaient là. Bien entendu, maman m'a accusée de ne pas les avoir rangés : à ses yeux, je suis coupable de tout.

Ce matin, papa lui-même lui a marmonné : « Allons, allons, madame Ravoux ! » Pour papa, qui ne dit jamais rien, c'était un coup d'éclat qui signifiait clairement : « Ma femme, vous exagérez. » Mais papa est si doux et se laisse si bien faire par maman qu'il ne peut pas exprimer les choses autrement.

La chambre du second, c'est pour le nouveau pensionnaire. Un grand, roux, osseux, qui a une épaule plus haute que l'autre et des yeux bleus et fixes comme un oiseau de proie. Il ferait presque peur, s'il ne souriait de façon aussi désarmante. Il s'est présenté ce matin à l'auberge et nous a demandé si nous avions des chambres et à quel prix. Il a une voix douce, au débit un peu saccadé, et un léger accent. Allemand, peut-être. Quand il a su que la pension était à trois francs cinquante, il a demandé à visiter la chambre. Elle n'est certes pas grande, ce n'est qu'une mansarde avec un vasistas qui ouvre sur le ciel, mais pour dormir, c'est bien suffisant. Il n'a d'ailleurs pas hésité : il a tout de suite dit qu'il la prenait. Elle doit certainement être moins chère que la chambre de l'Hôtel Saint-Aubin, où il est descendu. Papa dit que question prix nous sommes imbattables.

En montant les draps dans la chambre, j'ai été bousculée par Julien qui descendait l'escalier en trombe. Il pourrait faire attention ! Quand je lui ai demandé pourquoi il était si pressé, il s'est arrêté et a soufflé : « Corbeaux ! Corbeaux ! » en roulant des yeux. Qu'est-ce qu'il s'est encore mis dans la tête ? Il avait un lance-pierre à la main. Est-ce qu'il veut les chasser ? Il y en a au moins une dizaine, bien gros, bien gras, bien noirs, qui vont et viennent sur la place. Je n'en ai jamais vu autant.

Maman continue de m'ignorer. Elle est toutes piques dehors, pire qu'un porc-épic. Hélène, qui a déjà eu maille à partir avec elle, m'avait prévenue : « Il n'y a pas plus rancunier que ta mère. Elle n'oublie rien. » C'est bien vrai.

Tout de même ! Tant d'histoires pour un malheureux bal ! Mais je sais bien que la vraie raison n'est pas là. Dans le fond, elle n'aime pas Louis. Elle dit que c'est un pas-grand-chose chose, comme son père.

Comment peut-elle ? Elle ne le connaît même pas.

Pourquoi faut-il qu'elle ait toujours des jugements qui coupent, tranchent, débitent en morceaux ? Et têtue avec ça. Même si elle se trompe, elle ne revient jamais sur sa position. Avec elle, c'est une fois pour toutes.

Il est certain que le père de Louis a une piètre réputation à Auvers. Tout le monde sait que c'est un poivrot et que lorsqu'il a bu il vaut mieux ne pas se trouver à proximité. Il a même frappé Louis. C'est lui qui a fini par me l'avouer, la semaine dernière, en me faisant promettre de ne le dire à personne. Il dit que c'était un accident. Il est si bon ! Ah ça, le fils est bien différent du père ! Il tient de sa mère, qui est une femme droite et courageuse qui élève au mieux ses six enfants. Et Louis, en bon fils aîné, fait tout ce qu'il peut pour l'aider et la soutenir. Il travaille dur comme apprenti chez un menuisier. Tôt levé, tard couché, il ne ménage pas sa peine. J'ai essayé de l'expliquer à maman, mais elle ne veut rien entendre. Elle m'a dit : « Tu ferais mieux de te concentrer sur le service plutôt que de perdre ta salive. »

Hélène n'est toujours pas revenue. En son absence, c'est moi qui sers en salle. En semaine, il n'y a guère que les habitués, mais ça fait tout de même une vingtaine de couverts. Entrée, plat, dessert. On ne chôme pas.

Aujourd'hui, c'était jour de blanquette. On peut dire tout ce qu'on veut, on ne trouve pas meilleur que la blanquette de veau de madame Ravoux. Ce n'est pas parce que nous sommes en froid que je prétendrai le contraire. S'ils pouvaient, les pensionnaires en mangeraient volontiers trois fois par semaine. Et le nouveau, même s'il n'est pas bavard et se tient à l'écart, a eu l'air d'apprécier comme les autres. Il a si bien saucé son assiette qu'elle brillait comme un sou neuf. Un affamé. On aurait dit qu'il n'avait pas mangé de la semaine. Papa lui a parlé : il est hollandais et peintre. Ça ne m'étonne pas. J'ai tout de suite vu que c'était un artiste. Il a dit à papa de l'appeler monsieur Vincent.

Vendredi 23 mai 1890

Il y a maintenant une semaine que je n'ai pas vu Louis.

Maman m'a à l'œil et, sous le prétexte que je dois l'aider à l'auberge, me confine à la maison. Elle dit que l'école se passera de moi. De toute façon, l'année touche à sa fin et, pour moi, la scolarité aussi.

Monsieur Ferry a rendu l'école obligatoire jusqu'à treize ans, pas au-delà. Je le regrette, car, contrairement à la plupart de mes camarades, j'aurais aimé continuer mes études et aller à la faculté pour devenir médecin. Mais je sais bien que c'est un rêve. Maman dit que ce n'est pas un métier pour une fille, que dans la vie il ne faut pas péter plus haut que son derrière.

Une fille, ça fait la cuisine, ça coud, ça se marie et ça fait des enfants. Je ne passerai même pas mon certificat d'études. Pourtant, sans me vanter, je pense que j'avais des chances de l'avoir. J'aime écrire et je crois que je ne fais pas trop de fautes.

Parfois, je regrette de ne pas être née garçon. J'aurais pu choisir un métier et échapper à la tyrannie de maman.

Monsieur Vincent, notre nouveau pensionnaire, est inquiet, car sa malle n'est toujours pas arrivée du Sud, où il habitait auparavant. Il avait demandé à des amis de se charger de l'expédition, mais depuis qu'il est parti, il n'a plus aucune nouvelle. Ils ne répondent pas à ses courriers. Il a dit à papa, comme ça, qu'il se demandait bien pourquoi.

Papa se plaint qu'il faut lui tirer les vers du nez. Moi je crois juste qu'il est timide. Il faut respecter les gens dans ce qu'ils sont. Tout le monde ne peut pas être aussi volubile que monsieur Martinez, le dessinateur espagnol qui prend ses repas à l'auberge.

Monsieur Vincent est un homme discret.

On ne le voit pratiquement pas de la matinée. Il sort après le petit déjeuner avec son matériel de peinture, son chevalet et sa boîte de couleurs, et, bien sûr, sa pipe qui ne le quitte pas. À croire qu'il ne peut respirer qu'à travers ce chalumeau. Il ne revient qu'à midi pour le déjeuner, auquel il fait toujours honneur avec grand appétit.

Je n'ai pas encore vu ce qu'il peignait. Papa lui a

proposé de travailler l'après-midi dans la souillarde plutôt que dans sa chambre, qui est tout de même très petite. Il a dit qu'il acceptait « avec gratitude ». Ce sont ses mots.

De là où je suis, je vois trois gros corbeaux qui picorent je ne sais quoi sur la place. Ces oiseaux me glacent. Julien ne les a même pas fait fuir avec son lance-pierre.

Mamé dit que l'année de la mort du papé il y en avait autant et qu'une telle invasion n'augure rien de bon.

Samedi 24 mai

Tout à l'heure, alors que monsieur Vincent prenait son petit déjeuner, Julien s'est approché et lui a effleuré l'oreille en chuchotant : « Coupée ! Mal ! »

Papa, gêné, l'a écarté d'un geste brusque. Nous avions tous remarqué, bien sûr, que monsieur Vincent avait l'oreille gauche comme déchirée – il lui manque un petit morceau du lobe –, mais nous nous serions bien gardés de lui poser la moindre question à ce sujet.

« Laissez-le, monsieur Ravoux, a dit monsieur

Vincent, il n'y a pas de mal à en parler. C'était juste un accident. Maintenant, tout va bien. Rassure-toi, mon garçon, je n'ai plus mal du tout. »

Julien, qui n'aime pas que papa se fâche, est allé se cacher dans la soupente, là où il dort avec toutes ses bestioles. Ce matin, je ne sais pas comment il a fait, mais il a réussi à tuer un corbeau avec son lance-pierre. C'est encore plus effrayant à voir morts que vivants, ces oiseaux-là.

Dimanche 25 mai

Hélène a repris son service.

Elle m'a dit qu'elle avait cru mourir tant elle avait eu de fièvre et mal partout. Elle est affreusement pâle, et maigre comme jamais. On lui voit les os au-dessus de la poitrine. Elle aurait bien aimé se reposer encore quelques jours, mais elle n'a pas le choix : si elle veut manger, elle doit travailler. Telle que je connais maman, elle a bien vu qu'elle était à peine remise, mais elle a fait comme si de rien n'était, et lui a même demandé de laver tous les sols de l'auberge à grande eau. Elle est sans pitié.

Par contre, j'ai été étonnée de l'accueil que lui

a réservé Julien. Il était si heureux de la revoir ! Je l'ai rarement vu aussi démonstratif. Il l'a embrassée et lui a chuchoté : « Dans le ciel, les anges, le bon Dieu. » Je n'ai rien compris. Pauvre garçon. Hélène a fait « chut » en rougissant, et lui a caressé la tête.

Il souriait comme un bienheureux.

Lundi 26 mai

Je suis retournée en classe.

Antoinette et Lucie m'ont dit que Louis m'avait attendue plusieurs soirs de suite à la sortie de l'école. J'espérais qu'il reviendrait tout à l'heure, mais je l'ai guetté en vain. Je n'ose pas aller à la menuiserie, j'ai peur que ça ne lui porte tort. Quant à me rendre chez lui, il n'en est pas question. J'aurais bien trop peur de croiser son père. Sans compter que si maman l'apprenait, j'aurais droit à une de ces scènes affreuses qui me mettent la tête et le cœur à l'envers.

Je me sens bien malheureuse et incomprise dans cette maison. Parfois, j'envie Germaine de jouer tranquillement à la poupée en chantonnant, et de ne pas connaître à l'abri des tourments des grands.

Mardi 27 mai 1890

Je viens d'assister à une scène incroyable : l'Espagnol, enfin, monsieur Martinez, est entré dans la souillarde alors que monsieur Vincent était à son chevalet, occupé à peindre des fleurs, ou plutôt des branches fleuries qu'il avait disposées sur une table. Monsieur Martinez a commencé à marcher de long en large, à grands pas, comme il en a l'habitude, et à inspecter tout ce qui se trouvait là en lissant sa belle barbe brune bien taillée. Il ne se gênait pas, il regardait tout, absolument tout, même les tableaux que monsieur Vincent avait pris soin de retourner contre le mur. Il gesticulait, grimaçait et lançait des « Oh », des « Ah », comme un comédien sur une scène de théâtre.

Soudain, il s'est arrêté devant une peinture qui séchait, posée sur le sol. Il est resté un bon moment à la regarder, sourcils froncés, puis il a lâché d'un air dégoûté : « Quel est le cochon qu'a fait ça ? » Le « cochon » ! C'est exactement ce qu'il a dit. « C'est moi, monsieur », a répondu monsieur Vincent, très calmement. Et il a continué à travailler comme si de rien n'était.

Monsieur Martinez s'est alors posté derrière lui et

est resté là à scruter ce qu'il peignait, en faisant des mines et en soufflant et en soupirant. Je me demandais comment monsieur Vincent pouvait continuer à peindre avec ce malotru dans son dos.

Finalement, l'Espagnol a dit : « Ah oui, en effet. Pour de la peinture, c'est de la peinture ! » Il se moquait, c'était évident. Ça m'a fait peine pour monsieur Vincent. Puis il est sorti de la pièce avec un petit sourire satisfait. Il était visiblement content de sa bonne blague. La scène n'a pas duré plus de cinq minutes. Un autre que monsieur Vincent aurait réagi, se serait mis en colère. Mais lui n'a rien dit. Il est digne, cet homme-là !

Mercredi 28 mai

Ils ont déjeuné ensemble à midi. Monsieur Martinez et monsieur Vincent ! Ça m'a étonnée après ce qui s'est passé hier. Moi, à la place de monsieur Vincent, je crois que je lui en aurais voulu. Mais non. La rancune, il n'a pas l'air de savoir ce que c'est. Maman pourrait en prendre de la graine.

Il paraît que monsieur Martinez est nerveux parce qu'il a été obligé de quitter l'Espagne. Il était opposé au régime politique et on a bien failli le tuer pour cela. Il ne loge pas à l'auberge, mais dans une maison qu'il a louée dans le village. On voit bien, à la façon dont il est habillé, à la bague en or qu'il porte à l'auriculaire, qu'il n'a pas de soucis d'argent. Papa dit que sa famille est très riche et lui envoie tous les mois plus qu'il ne lui faut pour vivre.

Ça n'est manifestement pas le cas de monsieur Vincent. Il ne roule pas sur l'or, c'est évident. Toujours la même veste en gros coutil bleue, fripée, un peu trop courte – il faut dire qu'il est grand et carré d'épaules –, le même pantalon qui fait des poches aux genoux, le feutre trop mou. Il a quelque chose de négligé et même d'un peu mité dans l'apparence.

Jeudi 29 mai 1890

Louis m'attendait à la sortie de l'école, mais il était pressé : il avait prétexté une course à faire et devait retourner à l'atelier. Il a proposé que nous nous voyions dimanche après-midi. Nous irons nous promener. J'ai réfléchi : je dirai à maman que je vais chez mamé. Comme elle n'aime pas beaucoup sa belle-mère, elle n'ira pas vérifier.

Je suis allée porter une lettre à monsieur Vincent. Il en reçoit presque tous les jours. De son vrai nom, il s'appelle Vincent Van Gogh. Quand il a vu l'enveloppe, il a murmuré : « Ah, Théo ! » Il avait l'air content. Je n'ai pas osé lui demander qui était ce Théo qui, si j'en juge par l'écriture, lui écrit pratiquement tous les jours.

Monsieur Martinez était là également. Ils ne se quittent plus ! Ils peignaient côte à côte le même bouquet de fleurs. Mais sur la toile, on a peine à le croire : l'effet est bien différent. La manière de monsieur Martinez est lisse et fluide. Ses iris et ses roses sont semblables aux vrais, qui poussent dans les jardins. Alors que ceux de monsieur Vincent sont tourmentés et me font penser aux fleurs de porcelaine qu'on sème dans les cimetières.

Vendredi 30 mai

On a eu de l'orage cette nuit. Julien court partout en faisant : « Boum ! boum ! boum ! » Ça fait rire Hélène, mais pas moi. Julien, je le trouve inquiétant parfois.

Samedi 31 mai.

Grosse chaleur aujourd'hui. Monsieur Vincent a troqué son chapeau mou contre un chapeau de soleil, tout aussi mou, mais en paille. Le soleil cogne dans la plaine d'Auvers quand on est en plein champ. J'attends demain avec impatience. J'ai déjà prévenu maman que j'irai voir mamé dans l'après-midi. Elle a répondu : « Oui, oui. » Mais je suis certaine qu'elle ne m'a pas écoutée.

Étrange ! Il m'a semblé que Julien me faisait un clin d'œil. Mais j'ai peut-être rêvé.

Dimanche 1er juin 1890

J'ai passé tout l'après-midi avec Louis.

Nous sommes allés nous promener dans la forêt. Il y avait du muguet et des orchidées sauvages. Nous avons beaucoup parlé. Je lui ai raconté les tensions incessantes avec maman et sa dureté à mon égard. Mais après ce qu'il m'a confié, je crois bien que chez lui la situation est encore pire. Son père est de plus en plus violent. À nouveau, il a fallu qu'il s'interpose entre sa mère et lui. Il y a récolté un méchant coup : son bras est tout violacé.

Comment est-ce possible ? Comment un homme peut-il battre sa femme, son fils ? Louis me raconte qu'ensuite son père se met à genoux et demande pardon. Il pleure comme un enfant et promet de changer. Mais ce ne sont que paroles d'ivrogne. À la première occasion, il recommence. Je bénis le ciel de ne pas avoir un père qui boit.

Quand je suis rentrée, tout était calme à la maison. Monsieur Vincent peignait, maman se reposait dans sa chambre et papa faisait ses comptes avec Germaine qui jouait à ses pieds. J'ai croisé Julien, qui m'a glissé un petit sourire en coin. Comme s'il savait d'où je venais.

Je dois dire que j'ai été assez troublée de voir le tableau sur lequel travaillait monsieur Vincent, un grand tableau, plus large que haut, représentant un couple se promenant dans un sous-bois. On aurait dit Louis et moi, cet après-midi dans la forêt, sur un tapis d'orchidées sauvages et de muguets. J'ai rougi et n'ai su que répondre lorsque monsieur Vincent m'a demandé si son tableau me plaisait.

Parfois, je me fais l'effet de n'être qu'une sotte.

Lundi 2 juin

Maman, ce matin, avait sa tête des mauvais jours. Je n'ai pas eu à attendre longtemps avant qu'elle se déchaîne contre moi. Ah, si je pouvais quitter cette maison ! Je ne sais pas comment elle a appris que j'avais revu Louis. Je me demande si ce n'est pas la boulangère qui le lui a dit. Elle a dû nous voir passer devant sa boutique. Ce n'est pas qu'elle soit méchante, mais elle a une fâcheuse tendance à se mêler de ce qui ne la regarde pas. Maman s'est aussitôt précipitée chez mamé, qui, bien entendu, n'étant au courant de rien, a eu l'air étonné et lui a dit que non, elle ne m'avait pas vue hier.

Encore une fois, je ne suis qu'une « traînée », une « fille perdue », une « vicieuse ». J'ai eu droit à un nouveau procès en présence de papa. Verdict : coupable. Ils étaient tous les deux bien d'accord : je ne dois plus voir Louis. Jamais.

Je suis allée me réfugier dans ma chambre en pleurant. Comment les parents peuvent-ils être aussi cruels ? À croire qu'ils n'ont jamais été jeunes. Je préférerais mourir que de vivre sans Louis.

Mardi 3 juin

Papa est venu tout à l'heure dans ma chambre. Il s'est assis sur mon lit et m'a expliqué, d'un ton las, qu'il fallait que je comprenne maman, qu'elle se tracassait pour moi. Il a dit : « Elle n'est pas méchante, tu le sais bien, seulement nerveuse. Et débordée. Alors fais un effort pour ne pas la fâcher. Tu as bien compris que ça faisait à chaque fois toute une histoire. Et moi, ça me fatigue, tu comprends. J'ai déjà beaucoup à m'occuper à l'auberge, alors s'il faut en plus subir vos fâcheries au dîner, ça n'a pas de fin. Prends sur toi. Tu vas à l'école, tu es plus intelligente que ta mère, je compte sur toi. »

Pauvre papa, c'est vrai que ce n'est pas drôle. Et je vois bien que tout cela le fait souffrir. Je l'aime trop pour ne pas essayer de changer les choses. Je lui ai promis de m'améliorer et de cesser de prendre maman de front. Mais qu'ils ne pensent pas, tous les deux, que je ne vais plus voir Louis. Il est ma raison de vivre.

C'est bien triste de ne pas s'entendre avec sa mère. Je ne peux rien lui raconter. Elle ne s'intéresse pas à moi. Elle est pire qu'une étrangère. Pourtant, quand j'étais petite, elle était douce et bonne, je m'en souviens. Je l'aimais tant ! Comme cette époque me semble loin maintenant ! Je ne sais pas ce qui s'est passé pour que nous en arrivions là. Est-ce la naissance de Germaine ? J'ai l'impression que nous sommes chacune retranchées dans notre camp, et constamment sur nos gardes. Mais j'aime trop ma petite sœur pour la rendre responsable de cette situation.

J'ai aussitôt mis la promesse faite à papa à exécution. J'ai proposé à maman de m'occuper de Germaine, qui est malade depuis deux jours. Elle a un peu de la fièvre et, surtout, elle tousse beaucoup. Rien de bien grave, a dit le docteur, mais il faut lui faire garder la chambre, d'autant que le temps s'est refroidi avec la pluie.

Je peux bien manquer la classe, il n'y a plus que ceux qui préparent le certificat d'études qui travaillent et je n'en fais pas partie. Ça n'a plus d'importance pour moi : la classe, les études, tout cela est terminé.

Maman a d'abord pensé que je lui préparais une entourloupe, puis elle s'est détendue et elle a accepté, et m'a même remerciée, du bout des lèvres, mais enfin, tout de même. Ça m'a fait plaisir d'entendre, pour une fois, une parole gentille dans sa bouche.

Germaine est un petit cœur. Elle était tellement

contente de m'avoir pour elle toute seule qu'elle m'a fait trois baisers sur chaque joue. Les siennes sont bien rouges et elle a les yeux brillants, mais cela ne l'empêche pas de courir et de jouer. Les petits sont beaucoup plus résistants que nous. Malades, ils gambadent, alors qu'à leur place nous serions cloués au lit.

Nous avons habillé et déshabillé la poupée Charlotte, qui était autrefois à moi et dont je lui ai fait cadeau maintenant que je suis trop grande pour jouer à ces jeux d'enfants. Nous avons préparé une dînette, servi des orangeades et des cakes anglais, mais au bout d'un moment, elle s'est lassée. Alors je l'ai emmenée dans la souillarde voir monsieur Vincent qui peignait.

Il nous a très gentiment accueillies. Il a dessiné pour Germaine un grand papillon aux ailes finement écaillées, avec deux jolies antennes courbes et une petite trompe, qu'il lui a offert. Il dessine très bien sans modèle. Germaine battait des mains de joie. Monsieur Vincent aussi avait l'air heureux.

Il paraît qu'à Arles il connaissait une petite fille, une petite Marcelle, qui doit avoir aujourd'hui à peu près le même âge que notre Germaine. C'était la fille de son ami postier, Joseph Roulin. Il l'a peinte bébé, ainsi que toute sa famille. Il se souvient qu'elle avait de bonnes joues et une bonne voix !

Enfin, il a lui-même, depuis peu, un neveu qui est encore un bébé. Il se réjouit de bientôt pouvoir lui apprendre à dessiner. Les enfants grandissent si vite.

Soudain, alors que nous parlions, son visage s'est assombri, ses yeux se sont creusés, sa bouche s'est affaissée, ce n'était plus le même homme. Il a murmuré qu'il valait mieux faire des enfants que des tableaux, mais que lui, les tableaux, c'était tout ce qu'il savait faire.

Le petit garçon, son neveu, s'appelle Vincent, comme lui. C'est le fils de son frère Théo – celui qui lui envoie toutes ces lettres. Il m'a dit qu'il lui avait offert une peinture comme cadeau de naissance, des branches de cerisier en fleur sur un coin de ciel bleu. Je trouve que c'est une idée délicate, qui lui ressemble. Puis il a proposé à Germaine de lui dessiner autre chose et, en quelques traits, il a fait surgir un tout petit oiseau ébouriffé – une mésange ou un moineau – au creux d'une grande main aux doigts maigres et longs. Germaine, qui était plus intéressée par une colonie de fourmis défilant sur le sol, l'a à peine regardé, mais moi j'ai trouvé que l'oiseau avait l'air vivant, et la main toute décharnée m'a fait penser à celle de mamé. C'est si difficile à dessiner, une main ! J'ai plusieurs fois essayé et ça ne ressemblait à rien.

J'en ai profité pour jeter un coup d'œil à la peinture à laquelle il travaillait lorsque nous sommes arrivées. Je crois bien que c'est la ferme des Catelain, à la sortie d'Auvers, mais son toit est si déformé qu'elle est à peine reconnaissable, et le tout est d'un vilain jaune-vert-caca d'oie, avec deux silhouettes, une noire, une bleue au premier plan, et un arbre bleu criard derrière.

Je n'ai rien dit. Je ne peux pas faire semblant d'aimer sa peinture. Pauvre monsieur Vincent, il travaille tellement ! C'est cruel, mais je crois bien que c'est un peintre raté. C'est peut-être la raison pour laquelle il a l'air si souvent triste.

Mercredi 4 juin

Il a arrêté de pleuvoir. Il y a un grand soleil joyeux qui donne envie de sauter et de danser. Pourtant, je suis toujours enfermée à la maison avec Germaine. Elle va beaucoup mieux, mais maman préfère qu'elle ne sorte pas avant d'être complètement guérie.

Je profite de sa sieste pour écrire trois mots dans

ce journal. Je n'ai pas de nouvelles de Louis. Je suis un peu inquiète. J'espère qu'il ne s'est rien passé de grave avec son père. Demain, c'est son anniversaire, il aura dix-sept ans. Il faut que je trouve un moyen de le voir pour lui donner son cadeau. Je lui ai acheté une pipe. La même que celle de monsieur Vincent. Soudain, en écrivant ces mots, je réalise que je ne sais même pas s'il fume la pipe. Je verrai bien demain ! Je dirai aux parents que je vais chez mamé pour terminer de coudre ma robe bleue et j'irai le rejoindre à la sortie de l'atelier.

J'expliquerai à mamé. Elle comprendra. Elle me comprend toujours. J'aurais dû lui parler la dernière fois. Je suis sûre qu'elle aurait fait un petit mensonge pour m'éviter des ennuis avec maman.

Monsieur Vincent a peint un étrange tableau de l'église d'Auvers. Il l'a faite grande comme une cathédrale et presque violette sur un ciel très bleu, avec les vitraux qui sont juste des taches bleu plus foncé et un toit presque orange par endroits. Je ne crois pas qu'il voie la réalité comme nous. Il a un regard qui tord les choses et les gens.

Jeudi 5 juin

Louis et moi, j'ai tout raconté à mamé. Elle dit qu'elle aussi, quand elle avait mon âge, avait un amoureux et que ses parents, comme les miens, ne voulaient pas qu'elle le voie, parce qu'ils estimaient qu'elle était trop jeune. Il leur a fallu ruser, se cacher, mais tout s'est bien terminé : son amoureux, elle a fini par l'épouser. C'était papé, mon papé Germain que je n'ai jamais connu, parce qu'il est mort l'année de ma naissance. Mamé dit que c'était le meilleur des maris et qu'elle le regrette bien. Je ne savais pas qu'elle l'avait connu à quatorze ans. Mamé dit qu'on est précoce dans la famille. Alors elle comprend pour Louis et moi. Si maman lui demande quelque chose, elle dira que je suis restée à coudre avec elle.

Louis ne m'a pas vue tout de suite à la sortie de l'atelier. Ce sont ses collègues, Ernest et Martial, qui l'ont poussé du coude en gloussant. Il a rougi comme une fille ; il était tout gauche, mais ça oui, il était content !

Nous avons pris le chemin derrière chez Morin et nous avons dépassé le château. Il appartient à un Parisien, monsieur Gosselin, qui habite rue de Messine, une rue chic de Paris. C'est Louis qui me l'a dit : depuis quinze ans qu'il vit à Auvers, il est au courant de tout ici. Puis nous avons obliqué à travers champs. Il a attendu que nous soyons hors de vue des maisons pour me prendre la main. Ça m'a fait de l'effet.

Les champs de blé scintillaient sous le ciel bleu. On aurait dit de l'or, une mer d'or jaune frémissant au vent. Des dizaines de corbeaux se sont envolés à notre approche.

Nous nous sommes assis dans l'herbe et je lui ai donné la pipe. Il a dit qu'il n'en avait jamais vu d'aussi belle et il m'a embrassée. Mais lorsque je lui ai demandé s'il fumait, il m'a répondu que non, pas encore ! Ça nous a fait rire.

Je me sens joyeuse et légère avec lui ! Avant, je n'avais personne à qui penser, je ne sentais pas battre mon cœur. Maintenant, j'ai Louis. J'ai l'impression d'exister davantage depuis que je le connais.

Chez lui, c'est toujours la même chose. Malgré ses promesses, son père continue à boire, à crier, à cogner. Pourtant, Louis dit qu'en réalité il n'est pas méchant. Il n'a simplement pas eu de chance dans la vie. Auparavant, il avait un métier, un vrai : il était menuisier, comme le sera Louis. À l'époque, il était sobre et travailleur. Et puis il a eu un grave accident à la main. Un tendon et un nerf section-nés. Qu'est-ce qu'on peut faire avec une main qui ne répond plus, une main morte ? Son patron s'est séparé de lui. Maintenant, il fait des petits travaux à droite, à gauche. On l'embauche parfois dans les fermes alentour quand il y a un coup de feu, mais on ne le garde jamais. Dès que la saison est passée, on le remercie. Le pire, c'est que sa main le fait conti-nuellement souffrir. Il n'en dort plus. L'alcool, c'est aussi pour oublier la douleur.

Louis a les plus beaux yeux gris du monde, des cheveux blonds doux comme de la soie, une toute petite fossette sous la lèvre.

Lorsque j'ai rejoint mamé chez elle, elle avait bien avancé ma robe. Le col, les emmanchures, elle avait tout cousu. Je l'ai essayée, il n'y a pas une retouche à faire, elle tombe parfaitement. Elle a dit : « Tu reviendras une autre fois pour les ourlets, n'est-ce pas ? » Elle avait aussi préparé un gâteau aux noix pour maman et pour Germaine un petit pot de gelée de coings, parce qu'elle sait qu'elle en raffole. Chère mamé !

Samedi 7 juin

Germaine va mieux maintenant. Maman ne s'est doutée de rien pour jeudi. Pourtant, il me semble qu'elle a fouillé dans mes affaires pendant mon absence. Mais elle ne trouvera jamais mon carnet. Je le cache entre deux lambourdes, sous une latte de parquet déclouée.

Je crois que nous ferons encore salle comble à midi. Le train de dix heures était bondé : les Parisiens viennent respirer le bon air d'Auvers.

D'où je suis, je vois monsieur Vincent qui contourne la mairie avec son matériel de peinture. Il va encore peindre dans les champs. Il ne s'arrête jamais.

Dimanche 8 juin

Je tombe de sommeil. Nous avons eu tant de monde à midi que nous avons été obligés de faire trois services. La Mère Ravoux attire les foules ! Les Parisiens se sont jetés sur son poulet à la crème et aux champignons avec un tel appétit qu'il n'y en avait plus pour les derniers.

La colonie d'Américains était là aussi, à rire et à chanter. Je ne sais pas au juste ce qu'ils fêtaient mais ils étaient fort gais. Il paraît qu'ils sont tous peintres. À croire qu'Auvers attire tous les artistes de la terre !

Monsieur Vincent n'a pas déjeuné à l'auberge, je l'ai vu partir avec un monsieur qui lui ressemblait un peu, en moins grand et en plus pâle, accompagné d'une dame brune, mince, et d'un bébé. Je crois bien que c'est son frère et sa famille. Ils ont dû tous déjeuner chez ce médecin que monsieur Vincent connaît. Docteur Cachet ou Gachet, je ne sais plus. Je ne l'ai vu qu'une fois, il m'a l'air assez excentrique.

Je sais la vérité pour Hélène. C'est elle qui me l'a dit. Elle attendait un bébé et on le lui a fait passer. Elle est allée voir une faiseuse d'anges à Méry. C'est ce qui l'a rendue si malade. Elle a encore mal au ventre, mais il ne faut surtout pas le dire à maman, qui la chasserait si elle l'apprenait. Son amoureux n'a pas de travail et s'apprête à partir au service militaire pendant trois ans. Ils ne peuvent pas encore se marier, encore moins avoir un enfant.

« Seul Julien avait compris », a dit Hélène. Le jour de son retour, quand il a évoqué les anges et le bon Dieu, eh bien, elle est certaine qu'il faisait référence aux faiseuses d'anges ! Hélène prétend que

Julien est doté d'un sixième sens qui lui permet de saisir ce qui vole bien au-dessus de la tête des gens soi-disant normaux.

Jeudi 12 juin

Il pleut.

Je n'ai quasiment pas ouvert mon journal de la semaine. Pourtant, je m'étais juré d'être assidue, quitte à n'écrire que quelques lignes chaque jour. Mais enfin, je ne peux pas tout faire : j'ai vu Louis tous les jours.

J'ai prétexté que j'allais coudre chez mamé et maman n'a rien soupçonné. Chaque fois, Mamé m'a donné un petit quelque chose à rapporter à la maison : un gâteau, quelques fruits, un mouchoir brodé. Maman ne peut pas imaginer que je ne fais qu'entrer et sortir, car ma robe est presque finie. Elle sait bien qu'une robe ne se fait pas en claquant des doigts, que cela représente des heures et des heures de couture. Elle est à cent lieues d'imaginer que mamé travaille à ma place. Quelle merveilleuse grand-mère !

J'aime tout de Louis : ses yeux aux paupières un peu lourdes, sa bouche bien dessinée, son menton volontaire, sa peau claire, son odeur de bois, de sciure ; j'aime quand il me parle des meubles qu'il assemble, de saignées, de queues-d'aronde, et du grand voilier avec lequel il traversera, un jour, les océans. C'est son rêve : faire le tour du monde en bateau. Il a dit : « Je t'emmènerai », mais moi je ne suis pas sûre de vouloir l'accompagner. J'ai peur de l'eau. Je l'attendrai sur la terre ferme.

J'ai envie de chanter. J'ai envie de tourbillonner. Je n'ai jamais été aussi heureuse.

Germaine aussi est joyeuse. Elle pépie comme un moineau. Monsieur Vincent est maintenant tout à fait son ami. Elle n'a plus du tout peur de lui. Ni de sa pomme d'Adam qui pointe et monte et descend quand il parle, ni de la grosse veine bleue qui gonfle sur sa tempe quand il s'agite et parle trop vite.

Elle l'appelle « Sieu Cent » et il est ravi, car ça lui rappelle son propre oncle Vincent qu'il appelait justement « oncle Cent », quand il était petit.

Il a pris l'habitude, le soir, de lui raconter une histoire avant qu'elle aille se coucher. Toujours la même, celle du marchand de sable. Monsieur Vincent prend Germaine sur les genoux et, tandis qu'il raconte, il dessine l'histoire sur une ardoise. Son marchand de sable est une espèce de colosse barbu qui, debout sur sa carriole, jette des poignées de sable à la volée. Chaque jour, il ajoute un détail inédit : un petit mulot dans un coin, un croissant de lune, des enfants qui tombent endormis…

Lorsque son dessin est terminé, il est temps d'aller se coucher. Germaine lui donne un baiser et on l'emmène dans sa chambre. Il faut voir comme elle agite sa petite main pour lui dire au revoir. Monsieur Vincent en est tout ému.

Lundi 16 juin

Un autre peintre hollandais est arrivé à l'auberge. Il a été recommandé par le frère de monsieur Vincent et on lui a donné la chambre à côté de la sienne.

Monsieur Tom est beaucoup plus jeune que monsieur Vincent, il ne doit pas avoir plus de vingt-trois ou vingt-quatre ans et il me semble – comment dirais-je ? – plus insouciant et joyeux que tous ceux qui ont habité sous notre toit. On voit bien qu'il aime s'amuser et que les filles ne le laissent pas indifférent. Il a une façon de me regarder qui en dit long. D'ailleurs, il a tout de suite dit à maman : « Fille madame très jolie. Quel âge ? » – contrairement à monsieur Vincent, il parle très mal français. Il a paru surpris d'apprendre que je n'avais même pas quatorze ans, mais il n'en a pas moins continué à scruter sans se gêner certaine partie de mon anatomie que les garçons regardent volontiers. Il est plutôt joli garçon, et, tout artiste qu'il soit, plus soigné que monsieur Vincent, et même élégant. Il portait aujourd'hui un gilet vert pré, fermé de petits boutons de nacre.

À midi, il a félicité maman pour ses « paupières délicieuses ». Il voulait bien sûr parler de ses paupiettes. Ça a bien fait rire monsieur Martinez et sourire monsieur Vincent, qui n'est pourtant pas facile à dérider.

Mardi 17 juin

Le matin, la toux de monsieur Vincent le précède dans la salle de restaurant. Hélène dit qu'il tousserait moins s'il fumait moins.

Aujourd'hui, une fois n'est pas coutume, il a pris son café avec monsieur Tom qui n'a pas pu s'empêcher de faire le malin en me voyant. Il s'est levé d'un bond et s'est incliné en bramant : « Voilà la princèse d'Auvers ! » Puis il s'est rassis et a recommencé à parler en hollandais avec monsieur Vincent, sans plus se préoccuper de moi. Décidément cette langue-là est plus raide que la démarche du père Lacroze, qui a perdu sa jambe à la guerre de 1870 !

Ils viennent de partir, tous les deux. Je crois bien qu'ils vont chez Daubigny. Encore un peintre, mais lui est mort il y a longtemps, bien avant que nous nous installions à Auvers. Il avait, sur l'Oise, un bateau-atelier amarré sur la berge, une véritable curiosité qui attirait les badauds. Il y peignait la journée, mais rentrait le soir dormir sur la terre ferme, dans la grande maison où sa femme habite encore aujourd'hui. Dans le haut d'Auvers. Je l'ai croisée une fois, cette femme-là : elle n'a pas l'air commode. Mais son jardin est un vrai paradis, et je comprends que monsieur Vincent aime s'y installer pour peindre. C'est un terrien : il préfère les champs, les vergers et les jardins aux reflets du ciel sur l'eau des rivières.

Il m'a proposé de les y rejoindre avec Germaine, mais je ne veux pas les déranger.

Maman semble être revenue à de meilleures dispositions à mon égard. Elle croit sans doute que je ne vois plus Louis. Aujourd'hui, elle m'a rapporté un coupon de percale blanche de Pontoise. Elle m'a dit : « Puisque tu aimes coudre, tu pourras toujours y tailler un corsage sans manches. » Si elle savait !

Mercredi 18 juin

Tout à l'heure, monsieur Vincent a proposé de faire mon portrait.

Moi, poser pour un tableau ! J'ai été si surprise que je n'ai su quoi répondre.

Bien sûr que j'en ai envie, mais suis-je assez jolie, vraiment ? Je n'aime pas mon nez. Il est trop long et pointu. Et puis je n'ai jamais posé pour personne. J'ai dit qu'il fallait que je demande à mes parents, et aussitôt je m'en suis voulu. Je ne suis plus une petite fille. Mais il était trop tard et il a bien fallu que je m'exécute.

Maman aussi a eu l'air étonné. Elle a dit : « Quelle drôle d'idée. Mais s'il y tient vraiment, pourquoi pas ? » Autrement dit : s'il veut gâcher de la peinture, c'est son affaire. Quant à papa, il n'a pas compris tout de suite de quoi il retournait. Poser quoi et où ? Il est distrait parfois, surtout quand il fait ses comptes. Mais lorsque je lui ai expliqué, il a dit que bien entendu il était d'accord. Que c'était même une très bonne idée !

Mon Dieu, j'aurais peut-être dû refuser ! Je crains de ne pas être à la hauteur.

Il ne faudra pas que je bouge. Peut-être même pas que je respire. Je ne suis pas sûre d'en être capable. Comment vais-je m'habiller ? Est-ce que je vais mettre ma robe rose ou bien la bleue ? La bleue, je crois. Elle est si jolie. Il ne me reste plus qu'à coudre les boutons. J'aurai terminé ce soir. J'ai fait des essais de coiffure devant la glace. Je me ferai un chignon. J'ai peur d'avoir des fourmis dans les jambes. J'espère que ce ne sera pas trop long.

Jeudi 19 juin

Maman a appris que j'avais revu Louis.

Elle m'a fait une scène épouvantable. J'étais si bouleversée que je suis allée dire à monsieur Vincent que je ne pouvais pas poser aujourd'hui. Il a été très compréhensif et gentil. Nous avons parlé un bon moment et puis finalement, lorsque j'ai été calmée, j'ai dit que je voulais bien essayer.

Ça s'est bien passé, mais je ne suis plus bonne à rien ce soir. J'ai l'impression qu'on m'a battue, je n'ai pas la force d'écrire.

Vendredi 20 juin

J'ai repris mes esprits.

Quelqu'un nous aura donc vus, Louis et moi, hier dans Auvers. Dieu que les gens sont méchants !

Maman a employé des mots très durs que je n'oublierai pas. N'a-t-elle donc jamais aimé ? Il faudra, a-t-elle dit, que je renonce à voir Louis si je veux rester sous son toit. Qu'elle me chasse ! Qu'elle ose ! J'irai vivre chez mamé.

Monsieur Vincent a immédiatement remarqué qu'il s'était passé quelque chose. J'avais les yeux rouges. On voyait bien que j'avais pleuré. Il a dit : « Vous êtes trop jeune et trop jolie pour avoir du chagrin, mademoiselle Adeline. » Alors je me suis remise à pleurer. Je me suis détestée pour cela. Il disait : « Calmez-vous, mademoiselle Adeline, je vous écoute : racontez-moi ce qui s'est passé. »

Il avait une voix avec du brouillard dedans, une voix un peu sourde. J'ai senti qu'il avait aussi probablement beaucoup souffert dans sa vie. Alors, je lui ai tout raconté : Louis, maman. Il m'a écoutée avec beaucoup d'attention et, à la fin, il a dit qu'il comprenait.

Il a aimé lui aussi, quand il était plus jeune. Une jeune femme qui avait un enfant. Sa famille était totalement hostile à cette relation. Il a résisté pendant des mois, mais son père, sa mère, ses frères et sœurs revenaient sans cesse à la charge. Ils voulaient qu'il rompe. Et finalement, ils ont obtenu ce qu'ils voulaient : il a quitté Sien. En fait, elle s'appelait Clasina, mais tout le monde l'appelait Sien. S-I-E-N. Monsieur Vincent a été obligé de m'épeler son prénom. Je voyais bien qu'il était ému quand il en parlait. Il agitait les mains d'une façon un peu désordonnée, la veine bleue battait à sa tempe, des nuages passaient dans ses yeux.

Sien avait une petite fille de cinq ans et elle attendait un bébé. Il a vécu plus d'un an avec elle. Le bébé est né. Encore une petite fille. Ils formaient une vraie famille et puis… il est parti. Il parlait comme s'il avait oublié que j'étais là, monsieur Vincent. Il était perdu dans ses souvenirs. Quand il s'est tu, nous sommes restés un long moment sans parler, lui et moi, jusqu'à ce que je lui dise que je voulais bien poser. Il m'a fait asseoir face à la fenêtre, et lui, il s'est installé à côté de moi, pour me peindre de profil.

Je n'ai pas osé lui dire qu'à cause de mon nez j'aurais préféré qu'il me peigne de face. C'est lui l'artiste.

Finalement, j'avais simplement noué un ruban bleu dans mes cheveux. Il a travaillé sans dire un mot.

Je ne le voyais pas ; il était en dehors de mon champ de vision ; je regardais droit devant moi. J'entendais le frottement de sa brosse sur la toile et le bruit qu'il faisait en aspirant la fumée de sa pipe.

Au début, j'ai ressassé mes histoires avec maman – ça tournait et retournait dans ma tête – et puis, progressivement, je n'ai plus pensé à rien. Je me laissais bercer par le va-et-vient de la brosse sur la toile. J'aurais pu m'endormir. Je n'ai pas vu le temps passer.

Lorsqu'il a dit : « Voilà, c'est fini ! », j'ai sursauté comme si je m'étais assoupie et je me suis levée d'un bond. Il m'a félicitée : « Vous n'avez pas bougé du tout, vous êtes le modèle idéal. »

J'ai eu un choc en voyant mon portrait. Il m'a barbouillé les joues de rouge et labouré les mains de traits verts. Je suis laide à faire peur. Ce n'est pas moi. On dirait que j'ai plus de vingt ans. Et ma robe n'est pas du tout de ce bleu-là. Mais le pire, c'est qu'on dirait que je suis bossue. Est-ce que je me tiens vraiment aussi mal ? Pourtant, j'avais l'impression d'être bien droite sur ma chaise.

Je n'ai rien laissé paraître. J'aurais peut-être dû : si j'avais eu le courage de dire que je n'aimais pas son tableau, il ne me l'aurait certainement pas offert. Qu'est-ce que je vais en faire ?

J'étais très gênée ! J'ai balbutié que je ne pouvais pas l'accepter, que c'était trop. Mais il a insisté, et avec une telle gentillesse que j'ai bien été obligée d'y consentir.

C'est qu'il avait l'air vraiment content du résultat ! Il a dit qu'il allait faire une copie du tableau pour l'envoyer à son frère à Paris, et il a absolument voulu le montrer sur-le-champ à mes parents. Comme je m'y attendais, seul papa s'est déplacé. Maman était soi-disant trop occupée à la cuisine.

J'ai bien vu que papa était aussi surpris que moi. Il hochait la tête en répétant : « En effet ! En effet ! » parce qu'il ne trouvait rien d'autre à dire.

Le tableau, je le cacherai sous mon lit pour que surtout personne ne le voie.

Dimanche 22 juin.

Nous avons encore eu beaucoup de monde aujourd'hui à déjeuner. Mais heureusement il faisait très beau : nous avons pu servir en terrasse.

Monsieur Vincent, lui, est allé déjeuner chez son ami médecin, le docteur Gachet. Il m'a montré le portrait qu'il a fait de lui, la tête appuyée sur une main, des digitales dans l'autre, le regard bleu dans le vague. Comme il a l'air triste, cet homme-là ! Infiniment plus triste que monsieur Vincent.

Il est roux, comme lui.

Julien est venu nous montrer un gros lucane vivant, un cerf-volant, qu'il était très fier d'avoir capturé. Monsieur Vincent s'est extasié devant l'animal. C'est un connaisseur : il nous a raconté que lorsqu'il était petit, il collectionnait les bestioles, comme Julien. Pas étonnant qu'ils s'entendent bien, ces deux-là.

Monsieur Vincent dit que Julien est un bienheureux. Que parfois il aimerait être comme lui, avec de la poussière et du vent dans la tête. Il dit que ça le reposerait.

Mardi 24 juin

C'est la guerre entre maman et mamé, et c'est de ma faute. Maman dit que c'est elle qui m'a fourré dans la tête cette histoire avec Louis. Comme si elle y était pour quelque chose !

Maman prétend qu'elle n'aurait pas dû me raconter qu'elle avait connu papé à quatorze ans. Que c'est une entremetteuse, une « sacrée rouée ». Elle est convaincue que mamé a tout manigancé : le bal, les rendez-vous avec Louis... « Mais moi, on ne me roule pas comme ça dans la farine » – elle l'a répété au moins trois fois.

Que n'ai-je entendu sur ma pauvre grand-mère ! Maman n'a jamais beaucoup aimé sa belle-mère, mais maintenant elle la déteste. Papa a bien du mérite de supporter ces sornettes à longueur de journée. Il fait comme s'il n'entendait pas. Il veut avoir la paix.

Plus tard, j'irai m'installer dans le Sud. Monsieur Vincent dit qu'on y est plus près du soleil.

Mercredi 25 juin

Ce que je viens d'entendre est abominable : maman a demandé à papa – ou plutôt elle lui a donné l'ordre – d'aller chez Jean Chaumin, le propriétaire de la maison qu'occupent les parents de Louis. Elle veut qu'il les mette dehors. Qu'il les chasse.

Papa a protesté qu'il lui était impossible de faire une chose pareille, mais elle a tellement insisté que je suis sûre qu'il va céder et s'exécuter. Il est comme un petit chien devant elle.

Le père de Louis a de nouveau perdu le petit emploi qu'il avait trouvé le mois dernier. Où vont-ils pouvoir se loger, tous les huit, sans ressources ? J'ai honte de mes parents !

Jeudi 26 juin

Mais qu'est-ce qu'ils ont donc tous ? Voilà que monsieur Tom, lui aussi, s'est mis dans la tête de faire mon portrait.

Il se prend pour un grand artiste ! Je lui ai dit que ce n'était pas le moment, mais il a tellement insisté que, pour avoir la paix, j'ai finalement accepté. Ah, ça, on peut dire qu'il était content ! Il m'a baisé la main comme si j'étais une dame de la haute société en clamant : « Je vous présente mes orages, chère mamoiselle Adeline ! »

Il me fait rire.

Nous nous sommes installés dans la salle de restaurant. Il voulait me dessiner de face. Il n'arrêtait pas de parler : « Vos yeux être des flaques petits comme dans pays à moi, le nez un pic joli, la bouche une pétale de rose. » Un véritable charabia ! J'ai menacé de me lever s'il ne se taisait pas, mais il a continué : « Vos yeux être des pistoles. » Rien ne peut l'arrêter, cet homme-là !

À la fin, il a affiché un air contrit : « Vous pas être contente, mamoiselle Adeline. » Et il a fait mine de cacher le dessin. Quel enfant ! Mais j'ai réussi à le lui retirer des mains. C'est consternant : j'ai l'air d'un petit cochon aux yeux vides. À tout prendre, je préfère encore la peinture de monsieur Vincent.

Vendredi 27 juin

Il l'a fait, mon Dieu ! Comment a-t-il osé ?

Papa vient d'aller voir Jean Chaumin, qui lui a dit qu'il ne serait pas fâché de se débarrasser de ces locataires qui paient quand ils y pensent et troublent le voisinage avec leurs hurlements.

Que lui a raconté papa ? Je ne le saurai jamais et j'imagine qu'il ne va pas s'en vanter. Mais j'ai bien peur qu'il n'ait invoqué ma relation avec Louis. Quelle tristesse ! Je pense à la mère de Louis, qui est si courageuse. Où vont-ils donc aller ? La dernière-née n'a que quelques mois. Et les autres ne sont pas bien grands. Et mon Louis ?

J'ai rencontré monsieur Vincent, qui rentrait de sa séance de peinture dans les champs. Il a bien vu que ça n'allait pas. Il m'a dit tout bas : « Adeline, il

faudra que je vous montre mes dernières peintures. »
Comme si c'était important pour lui. Il est si gentil !

Je ne savais pas que les artistes travaillaient autant.
Il n'arrête pas. Qu'est-ce qui le pousse à partir chaque
matin, qu'il fasse beau ou gris, avec son matériel ?
C'est comme une maladie.

Et quand il pleut, il peint à l'intérieur ! Parfois, il
fait deux tableaux dans la même journée. Mais quel
dommage que ses couleurs soient aussi criardes et
qu'il gâche une telle quantité de peinture ! C'est
comme s'il traçait des sillons dans une pâte. C'est un
laboureur, cet homme-là : il travaille sa toile comme
les paysans d'Auvers labourent leurs champs.

Il dessine bien, là n'est pas le problème, mais les
finitions sont bâclées. Moi, je préfère la manière des
grands peintres d'autrefois, les peintures bien lisses,
les fondus, les demi-teintes et les clairs-obscurs. Tout
est tellement heurté, brutal, presque sauvage, dans la
peinture de monsieur Vincent. Comme s'il peignait
avec sa colère ou son désespoir. Et pourtant, il est si
doux, si aimable avec nous. Comme résigné. À croire
qu'il y a en lui deux personnes qui s'affrontent et se
font la guerre.

Parfois, je me dis qu'en dehors de sa peinture rien
ne compte vraiment pour lui.

Mais alors, pourquoi ne prend-il pas le temps de peaufiner ses toiles, de les domestiquer, de lisser cette pâte hérissée ? Pourquoi une telle urgence ? Car enfin, que va-t-il faire de toutes ces peintures ? C'est bien joli, de les envoyer à son frère qui est marchand de tableaux, mais s'il ne les vend pas, à quoi ça sert ? Pourquoi se tuer à la tâche si, comme il me l'a avoué, aucune de ses toiles n'a jamais trouvé preneur ?

La vie est étrange. Et moi, je ne sais pas pourquoi je me préoccupe tant de ce monsieur Vincent et de sa peinture. Peut-être pour éviter de penser à mon Louis, au malheur de sa famille et à la responsabilité de la mienne. Je me sens tellement impuissante. C'est rageant.

Samedi 28 juin

Hier soir, j'ai profité de ce que maman allait à Pontoise pour retrouver Louis à l'atelier.

Il m'a raconté ce que je savais déjà : que le propriétaire les avait mis à la porte. Son père a décidé de retourner en Normandie. Il vient de Saint-Vaast-la-Hougue, un petit village au bord de la mer, du côté de Cherbourg. Il y a là-bas une vieille ferme de famille, assez délabrée et sans aucun confort, mais suffisamment vaste pour les abriter tous. Sans travail, sans logis, rien ne le retient plus à Auvers. Ils sont prêts à partir.

Tout s'est fait dans la plus grande précipitation, car ils doivent avoir quitté les lieux pour la fin du mois, c'est-à-dire dans deux jours. Est-il possible de jeter les gens dehors comme des chiens ? Ce Jean Chaumin a un tas de pierres à la place du cœur.

Mais plus que tout, je souffre de penser que mes parents sont complices, et même à l'origine de cette barbarie.

Louis, lui, ne sera pas du voyage. Il a terminé son apprentissage et son patron est si content de lui qu'il lui a trouvé un travail à Paris. Il commence la semaine prochaine, pour quelques mois seulement, car il doit partir au service militaire à l'automne. Il sera incorporé en octobre. Pour un an, heureusement. Il a eu la chance de tirer un bon numéro, contrairement à tous ses camarades qui en ont pris pour trois ans. Au début, il a songé à le vendre pour se faire de l'argent, mais la perspective de passer trois ans de sa vie à l'armée, et loin de moi, ne le réjouissait pas.

Je n'avais pas réalisé que son départ pour Paris était

si proche. Louis prétend me l'avoir dit à plusieurs reprises. Je n'ai sans doute pas voulu entendre.

La semaine prochaine, il ne sera plus là.

Il a eu beau me dire qu'il viendrait me voir tous les quinze jours, je suis bien triste. Je l'aime de tout mon cœur.

Lundi 30 juin

Quel spectacle désolant : la famille de Louis est partie ce matin à l'aube pour Saint-Vaast-la-Hougue ! J'étais là, j'ai assisté au départ. Les meubles avaient été chargés à la va-vite sur une mauvaise carriole attelée à un cheval squelettique, œil las, croupe basse, dans laquelle le père a pris place. C'était la première fois que je le voyais. Il n'a pas l'air d'un mauvais bougre. La mère et les enfants suivaient dans une autre carriole. Le bébé pleurait, les petits avaient le visage chiffonné.

J'avais pris à la cuisine un gros gâteau qui restait d'hier, un saucisson et des morceaux de sucre que j'ai glissés dans le cabas de cette pauvre maman. Mon Louis s'affairait pour aider ses petites sœurs et son frère à s'installer.

Enfin, ils sont partis.

Nous avons regardé l'équipage s'éloigner. Bientôt, il n'y a plus eu qu'un nuage de poussière sur la route. Louis était bien abattu de les voir partir tous. Lui-même quittera Auvers dans quatre jours. Il commence à travailler lundi prochain chez son nouveau patron. En attendant de trouver mieux, il partagera une chambre sous les combles avec un autre apprenti.

Louis m'a pris la main et l'a tenue longtemps serrée dans la sienne.

À l'auberge, maman, qui se doutait d'où je venais, m'a regardée d'un air de défi, comme pour dire : « J'ai gagné. » Quant à papa, il a détourné les yeux. Il me déçoit : je ne savais pas que mon père était un lâche.

Monsieur Vincent est descendu pour prendre son petit déjeuner. Il s'est installé comme d'habitude à la petite table du fond. Quand je lui ai apporté son café et son pain, il m'a encore une fois demandé : « Alors Adeline, quand venez-vous voir mes tableaux ? J'aimerais vous les montrer avant qu'ils partent chez mon frère. »

Comme il pleut, j'ai convenu de le retrouver un peu plus tard dans la souillarde.

Mardi 1er juillet

Depuis ce matin, Julien ne cesse de faire mine de tomber en répétant : « Mémé cassée. » Ce n'est pas drôle et papa s'est finalement fâché en lui disant qu'il ne fallait pas rire de ces choses-là. Comme chaque fois, le pauvre garçon est allé se réfugier dans la soupente avec ses bestioles. Qu'a-t-il donc encore inventé ?

Hier, j'ai passé un long moment avec monsieur Vincent. À défaut de l'aimer, je crois que je commence à voir sa peinture d'un autre œil.

Il vient de terminer le portrait de mademoiselle Gachet, la fille du docteur, qui a seize ans, en train de jouer au piano. En l'écoutant en parler, j'ai compris que ce que je prenais pour de la brutalité ou de la maladresse était, en vérité, tout à fait voulu et maîtrisé. Il cherche des effets puissants de matière et des contrastes forts, et c'est à dessein qu'il travaille la pâte comme s'il voulait dessiner dans la couleur. La ferveur et la délicatesse – presque la tendresse – avec lesquelles il parle des roses tendres et des verts pâles du décor de son tableau sont tout à fait étonnantes. Je dirais même touchantes.

Il m'a expliqué que pendant des années, en

Hollande, il avait peint des toiles très sombres et que ce n'est qu'à Paris qu'il avait eu la révélation de la couleur – ce sont ses propres mots –, et puis plus tard, dans le Midi où il vient de passer presque quatre ans.

Quand il parle de la lumière et de cette incroyable couleur jaune qu'il a découverte dans le Sud, il est comme transporté, transfiguré. Son visage si tourmenté se détend et il a son sourire merveilleux. C'est à se demander pourquoi il est revenu dans la région parisienne ! Il y a tant de soleil dans sa voix quand il évoque Arles et ses environs ! Sans doute se sentait-il trop seul… Il me l'a laissé entendre. Il supportait mal de vivre si loin de son frère qu'il aime tant. Surtout depuis la naissance du petit.

Il se soucie beaucoup de la santé du petit Vincent, qui a été souffrant ces jours derniers. Il dépérissait, sa mère n'avait plus suffisamment de lait pour le nourrir. Il a fallu trouver en urgence une ânesse, que l'on mène tous les jours au pied de leur immeuble parisien pour que l'enfant ait sa ration de lait frais.

Son frère Théo lui raconte tout par le menu. Ils continuent à s'écrire presque tous les jours.

« Mais alors pourquoi ne vous êtes-vous pas installé à Paris, près de lui ? lui ai-je demandé. Vous feriez des économies de timbres. » Il a ri. Il m'a dit que Paris n'était pas fait pour lui, qu'il était trop nerveux pour vivre dans une grande ville. Qu'à Paris tout lui sautait à la figure. Qu'il avait besoin de calme pour bien travailler. Son frère le savait bien et c'est pourquoi il lui avait conseillé de s'installer à Auvers, où il connaissait ce médecin, le docteur Gachet.

Mercredi 2 juillet

C'est terrible ! Pourvu que ce ne soit pas trop grave : mamé est tombée dans les escaliers.

S'inquiétant de ne pas avoir de ses nouvelles, papa est passé la voir ce matin et l'a trouvée étendue au pied des marches. Elle y est restée une journée et une nuit entières. Toute seule. La pauvre claquait des dents lorsque papa est entré dans la maison. Le médecin a dit qu'elle avait de nombreuses fractures.

Ça a été toute une affaire, de la transporter jusqu'à son lit. Il paraît qu'elle a beaucoup de fièvre. Je m'en veux. Je ne suis pas allée la voir de la semaine. Je ne suis qu'une égoïste. J'étais pourtant bien contente qu'elle m'ouvre sa porte et me serve d'alibi quand il était question de voir Louis en cachette. Comme

je l'ai délaissée ! Chère, chère mamé, me le pardon-
neras-tu ?

Mon Dieu, faites qu'elle guérisse.

Jeudi 3 juillet

Je suis au chevet de mamé.

Je repense aux paroles de Julien : « Mémé cassée. »
Hélène a peut-être raison : est-ce qu'il perçoit des
choses dont nous n'avons pas conscience ?

Comme elle est pâle ! Je ne sais pas si elle dort
profondément ou si elle est inconsciente.

Elle n'a pas ouvert les yeux une seule fois depuis
que je suis arrivée. Est-ce qu'elle m'entend quand je
lui parle ? Le médecin lui a posé des attelles pour
immobiliser ses membres fracturés, mais cela ne
l'empêche pas de souffrir. Elle gémit parfois. Elle a
toujours beaucoup de fièvre.

Ma tante Albertine, la sœur de papa, qui habite
Pontoise, s'est installée ici pour s'occuper d'elle.

Maman dit qu'elle ne s'en relèvera pas. Elle le dit
d'un ton léger, comme si c'était une fatalité et que,
finalement, ça n'avait pas beaucoup d'importance.
Elle ne fait même pas semblant d'être affectée.

Monsieur Vincent a peint une horde de corbeaux s'envolant au-dessus des blés, sous un ciel d'orage. Son tableau me fait presque peur. Les oiseaux volent trop bas.

Vendredi 4 juillet

L'état de mamé a empiré. On a fait venir monsieur l'abbé. Et mon Louis est parti.

J'ai le cœur glacé, c'est comme s'il avait emporté tout ce qu'il y a de vivant et de joyeux en moi.

Personne ne faisant plus attention à moi, j'ai pu passer une heure entière avec lui avant son départ. Nous sommes allés dans la forêt et nous nous sommes assis au pied d'un arbre, ma tête contre sa poitrine, sans rien dire. J'entendais son cœur qui battait vaillamment. J'avais l'impression qu'il ne pourrait rien m'arriver, jamais, tant que je resterais ainsi. La peur, le chagrin pour mamé, tout s'était estompé.

Samedi 5 juillet

Monsieur Vincent, qui nous voit bouleversés, a dessiné toute une ménagerie pour Germaine : un lion, une girafe, des singes et trois souris aussi grosses qu'eux.

Il part demain pour Paris. Il se réjouit de voir son neveu, le petit Vincent. Il dit que son frère et sa belle-sœur devraient venir passer un mois ici, à la campagne, pour que le petit démarre pour de bon, avec des fleurs, des bêtes et du bon air autour de lui. Il est convaincu que les enfants grandissent mieux à la campagne qu'à la ville.

Nous aussi, nous habitions Paris avant de venir à Auvers. Papa était alors négociant en vins ; Germaine, comme moi, est née à Paris. Maman raconte toujours que quand elle est arrivée ici, dans la plaine d'Auvers, elle a enfin eu assez de lait pour la nourrir. Et pour moi, comment a-t-elle fait ? Il a pourtant bien fallu que je me débrouille, pour pousser dans les miasmes et les fumées de la capitale.

Mon oncle Antonin est arrivé d'Arles, avec mon cousin Germain que je ne connaissais pas. Germain, Germaine ! Comme ma sœur, il tient son nom de notre papé, le mari de mamé, mort quand je n'avais pas un an.

Pauvre mamé, qui rêvait tant d'avoir ses enfants réunis autour d'elle ! Maintenant qu'ils sont tous là, elle est bien trop mal en point pour s'en rendre compte et en profiter.

Dimanche 6 juillet

Mon cousin Germain est un benêt.

Il ne s'intéresse à rien. Il attend, assis sur une chaise, que mamé passe de l'autre côté pour retourner dans son pays du Sud. Quelle tête de pioche !

Mon oncle Antonin n'a pas l'air non plus très sympathique. Si j'en juge par les bribes de discussion que j'ai pu saisir, entre papa et lui, ce n'est pas la grande entente. J'ai cru comprendre que l'oncle jalouse papa pour l'auberge. Mamé lui aurait donné un coup de pouce pour l'acquérir. Il y a dans l'air des orages prêts à éclater.

Heureusement que mamé ne perçoit pas ces tensions. Elle n'a plus sa conscience. J'ai passé un long moment avec elle ce matin. Nous étions toutes les deux, elle et moi seulement. Elle était allongée sur le lit, les yeux fermés, et la bouche grande ouverte pour mieux respirer. Au début c'est impressionnant, mais on s'y fait. Je lui ai dit combien j'étais triste de la voir ainsi, que je l'aimais fort et que jamais, jamais je ne l'oublierai.

Je lui tenais la main. Ai-je rêvé : un bref instant, j'ai eu l'impression qu'elle serrait imperceptiblement la mienne ?

Monsieur Vincent est parti ce matin à l'aube pour Paris. Il va passer quelques jours chez son frère. J'ai l'impression qu'il craint un peu sa belle-sœur. J'ai compris à demi-mot qu'il ne voudrait pas être un poids pour le ménage, maintenant qu'ils ont un enfant. Son frère le fait vivre depuis des années. C'est lui qui lui envoie l'argent, les toiles et les couleurs qui lui permettent de se consacrer à son art.

Lundi 7 juillet

C'est fini. Notre mamé est morte cette nuit. J'ai beaucoup de peine.

Papa, ma tante Albertine et mon oncle Antonin n'ont pas attendu qu'elle soit froide pour mettre sur la table les histoires d'héritage. Ils sont allés ce matin chez le notaire. Mon oncle et ma tante, estimant que papa a été avantagé, réclament les terrains qui lui appartiennent tout autour d'Auvers. J'ignorais qu'elle en avait tant. Elle les tenait de ses parents, mais s'en souciait peu. L'argent ne l'intéressait pas.

Monsieur Vincent est rentré de Paris, plus tôt que prévu. Il est venu présenter ses condoléances à papa. Il m'a semblé hagard et maigre comme un chat écorché. Il est plus sombre que jamais. Il ne faut pas être bien malin pour deviner que son séjour chez son frère et sa belle-sœur ne s'est pas bien passé. Maman lui a proposé de dîner avec nous ce soir. Elle se dit sans doute que les enfants de mamé feront un effort en présence d'un tiers.

J'ai écrit à mon Louis pour l'informer du décès de mamé. Elle l'aimait bien.

Mardi 8 juillet

Quel étrange dîner, hier au soir !

Maman avait pourtant cuisiné sa fameuse poularde à la pierre, mais il y avait des éclairs électriques entre papa et son frère. Quant à ma tante Albertine, elle prenait ses grands airs, ainsi qu'elle l'a toujours fait. Son mari, mon oncle Benjamin, est un riche marchand de bestiaux. Leur maison de Pontoise est meublée comme un château. L'intérieur de notre auberge d'Auvers fait pâle figure à côté.

Nous avions dressé la table dans la grande salle. Monsieur Vincent est descendu de sa chambre à sept heures et demie tapantes. Papa a fait les présentations, comme il sait si bien faire. Il a dit que monsieur Vincent arrivait d'Arles. « Ah oui, a dit mon oncle Antonin, et où habitiez-vous ? » Monsieur Vincent a parlé d'une maison jaune dans le centre de la ville, et d'un hôtel, je crois, à Saint-Rémy-de-Provence, non loin de là. Mon oncle Antonin a fait une drôle de tête. Il y a eu un moment de flottement et puis ils ont parlé d'autre chose. On ne peut pas dire que l'ambiance était folichonne, mais enfin, tout le monde s'est à peu près tenu.

La poularde, en tout cas, était délicieuse.

Mon oncle Antonin a attendu que monsieur Vincent ait pris congé, pour exploser : « Vous savez où il habitait, votre monsieur Vincent, dans le Sud ? Eh bien, il était chez les fous. C'est un fada, votre peintre, il était à l'hospice de fous de Saint-Rémy-de-Provence. À votre place, je me méfierais. On ne sait pas ce qui peut leur passer par la tête, à ces gars-là. »

Mes parents en sont restés sans voix. Mais moi,

je n'y crois pas : je sais bien que monsieur Vincent n'est pas fou. Malheureux et seul, oui, mais fou, non.

On enterre mamé demain.

Mercredi 9 juillet

Voilà que ce matin, alors que nous nous apprêtions à partir pour l'église, une voiture a livré les affaires de monsieur Vincent.

Une malle, un lit, une chaise et que sais-je encore ? Sa chambre est bien évidemment trop petite pour tout contenir. Papa lui a proposé d'entreposer les meubles dans la grange en attendant qu'il trouve une maison. Monsieur Vincent était rouge de confusion. Il y a des semaines qu'il attend qu'on lui expédie ses affaires, et il faut qu'elles arrivent précisément le jour de l'enterrement de mamé ! Il répétait : « Je suis confus pour le dérangement. » On voyait bien qu'il était sincèrement désolé.

Je n'ai pas pu retenir mes larmes quand j'ai vu le cercueil de mamé devant l'autel et j'ai serré bien fort dans mes bras ma petite Germaine, qui est trop jeune pour comprendre ce qui se passe.

Mes cousines de Pontoise, en robe noire, avaient

fait le voyage avec leur père ; elles avaient des mines de circonstance ; elles ont fait comme si elles ne me connaissaient pas. Ça ne m'étonne pas d'elles.

L'abbé Tessier a dit que notre mamé était une bonne personne et que tout le monde la regretterait sur terre, mais qu'elle avait certainement déjà pris place, dans le ciel, auprès du bon Dieu. Ça m'a réconfortée de penser que mamé n'était pas toute seule là-haut. Elle avait dû aussi retrouver papé Germain, qu'elle aimait tant. Le papé m'a fait penser à Louis et je me suis mise à pleurer. « A mal Adine ? » a demandé Germaine en me regardant. Et elle a éclaté en sanglots. Maman m'a donné un coup de coude : « Tiens-toi un peu, tu vois bien que tu fais pleurer ta petite sœur ! » Tout le monde nous regardait. Germaine hurlait dans les bras de maman en me tendant les bras : « Adine ! Adine ! »… jusqu'à ce que le curé s'arrête de parler. Alors maman m'a tendu Germaine comme un paquet et m'a fait signe de sortir avec elle.

Dehors, la chaleur faisait trembler les pierres. Germaine s'est tout de suite tue. Nous avons fait le tour de l'église, cueilli des boutons-d'or et des pâquerettes, puis nous nous sommes assises sur les marches et nous avons attendu que l'office soit terminé.

Enfin, quand ils sont tous sortis de l'église, nous avons conduit mamé au cimetière et nous l'avons couchée à côté du papé. J'ai jeté le petit bouquet dans le trou sombre de leur tombe. On peut si peu pour les morts.

Jeudi 10 juillet

J'ai accompagné papa et maman chez mamé pour trier les affaires et débarrasser la maison, qui sera bientôt mise en vente. On ne perd pas de temps chez les Ravoux. J'aurais préféré qu'on attende un peu, mais il semblerait que mon oncle Antonin soit pressé.

Pauvre chère maison aux murs chaulés, aux tommettes vernissées et aux poutres noircies par les ans et la fumée ! J'y ai passé tant de jours heureux avec mamé. Je ne respirerai plus sa bonne odeur de feu, de cendre, de pain frais, de gâteau émietté. Toute mon enfance. Se souvient-on des odeurs, des parfums, de ce qui passe et s'évapore ?

Je n'arrive pas à me faire à l'idée que mamé n'est plus là. Tout à l'heure, dans la cuisine, j'avais l'impression qu'elle était dans la pièce à côté et qu'elle pouvait surgir à tout moment.

Tout était comme elle l'avait laissé : la grande bassine en cuivre astiquée, rutilante, prête à faire bouillonner les confitures et gelées de framboises, groseilles et cassis de l'été, la boîte de couture ouverte, une aiguillée de fil brun enfilée pour ravauder… quoi ? Sur le dossier du fauteuil, abandonné, se trouvait le paletot qu'elle était en train de tricoter pour Germaine. J'ai eu grand-peine à retenir mes larmes. Je l'ai roulé et mis dans un panier, avec le reste de laine. Je le terminerai à sa place. Et tant pis si je saute quelques mailles : au moins Germaine le portera !

Maman a trié les vêtements qu'elle donnera à monsieur l'abbé pour ses œuvres et monsieur Tom nous a rejoints pour aider papa à porter les meubles qui nous revenaient jusqu'à la grange. Il m'agace à me faire ses mines et ses yeux doux. Il n'a aucun tact ; il pourrait pourtant comprendre que ce n'est ni le lieu ni le moment.

Ma tante de Pontoise enverra une voiture pour chercher sa part – ou faut-il parler de butin ? Mon oncle Antonin, lui, ne veut rien. Ou du moins rien d'autre que de l'argent. Il habite trop loin.

J'ai reçu une longue lettre de Louis qui me dit combien la mort de mamé l'attriste. À Paris, sa vie s'organise. Son patron est très exigeant. Il doit travailler tous les jours de sept heures du matin à huit heures le soir, sauf le dimanche. Son atelier est parmi les plus renommés de la capitale, le Tout-Paris lui passe commande. Louis va faire une immense bibliothèque en bois de palissandre pour un marquis qui possède l'un des plus beaux hôtels particuliers de la capitale, sur l'île de la Cité. Il dit que ça le changera des planches qu'il assemblait pour les fermiers d'Auvers.

Vendredi 11 juillet

Je n'ai plus le goût d'écrire dans ce carnet.

Dimanche 13 juillet

Il est là. Mon Louis est à Auvers. Il n'a pas attendu quinze jours pour revenir. Dans moins de deux heures, je serai dans ses bras. Il m'a fait passer un billet par l'intermédiaire d'Hélène, qui ne dira rien, je le sais. Dès que je pourrai me libérer, j'irai le rejoindre devant la maison de mamé.

En montant dans ma chambre, j'ai croisé monsieur Vincent qui allait déjeuner chez son docteur Gachet. J'ai l'impression qu'il a encore maigri. Il a le visage creusé et les pommettes plus saillantes encore que d'habitude.

Lundi 14 juillet

J'aurais voulu qu'il ne reparte jamais, et pourtant, à peine arrivé, il s'en était déjà retourné. Chez son patron, on travaille même le 14 juillet.

Maintenant, j'ai le cœur comme essoré et je m'en veux d'avoir tant pleuré quand il était là. Mais je n'ai pas su faire autrement. Avec lui, toutes les larmes que j'avais retenues jusque-là se sont libérées d'un coup, comme si un barrage avait cédé. J'ai pleuré sur mamé et sur ma solitude depuis qu'elle et lui sont partis.

Nous avons pu entrer dans la maison dont j'avais pris la clé à l'auberge, et nous nous sommes allongés tous les deux sur le petit lit dans lequel je dormais lorsque j'allais chez mamé. Louis m'a prise dans ses bras, mais il n'a eu aucun geste brusque ou déplacé. Nous nous sommes juste embrassés. Je sais bien qu'il aimerait que je lui donne davantage, mais il me respecte trop pour me forcer la main. Tous les garçons n'ont pas la même délicatesse. Antoinette m'a raconté des choses que je n'oserais même pas écrire ici.

Ce matin, le village est pavoisé, mais moi, je n'ai vraiment pas le cœur à la fête. L'année dernière, je m'en souviens, mamé nous avait préparé une tarte républicaine, bleu, blanc, rouge, avec des fraises nappées de crème fouettée et piquées de bleuets, et nous l'avions partagée sur la terrasse, avec tous ceux qui passaient. Papa avait ouvert du mousseux, nous avions dansé.

C'était hier et c'est fini à jamais.

Aujourd'hui, les musiciens de la fanfare ont défilé dans le village et monsieur Vincent s'est enhardi à installer son chevalet sur la terrasse du restaurant pour peindre la mairie tout enguirlandée. Sur son tableau, elle ressemble à un jouet bleuté posé au bout d'une allée. Il a eu beau peindre les drapeaux et les cocardes tricolores, la parade est aussi morne et triste que dans mon cœur.

Mardi 15 juillet

Je ne sais pas pourquoi, monsieur Vincent, ce matin, m'a raconté que son frère partait aujourd'hui pour la Hollande avec sa femme et son fils. Ils vont présenter l'enfant à la famille. C'est curieux, parce que je ne connais pas son frère : je ne l'ai vu qu'une seule fois à Auvers, et encore, de dos. J'ai l'impression que monsieur Vincent aurait bien aimé être du voyage, mais qu'il n'a pas osé le demander.

Il a l'air comme perdu ces temps derniers. Quelque chose le tourmente, c'est évident. Le hâle est trompeur : il a une mine affreuse, le teint terreux, les yeux creusés. On dirait qu'il n'arrive pas à trouver le repos. Ce n'est pas bon de rester des heures à peindre dans les champs sous un soleil de plomb.

Julien a tué un deuxième corbeau. Il est devenu très habile au lance-pierre, beaucoup plus que je ne l'imaginais. Il se promène en exhibant son macabre trophée, les ailes déployées. Je repense à ce que disait mamé : ce sont des croque-morts, ces oiseaux-là.

On a rarement vu un été aussi torride. Il n'y a pas d'ombre.

Quand j'étais petite, mamé installait une bassine en zinc dans le jardin et m'y laissait barboter aux heures les plus chaudes. J'y faisais naviguer une flottille de coques de noix et j'organisais des batailles navales avec naufrages et catastrophes maritimes.

Depuis qu'elle n'est plus là, me reviennent des souvenirs que je pensais oubliés. Je me souviens des histoires qu'elle me racontait le soir : la Barbe bleue, Cendrillon, Peau d'Âne… oui, surtout Peau d'Âne. Ses robes me faisaient rêver, surtout celle de la couleur du temps, dont je me demandais bien comment elle pouvait être.

Je crois bien que c'est Peau d'Âne qui m'a faite si coquette.

Mais ce que je préférais, c'était la chronique familiale : les foins avec sa grand-mère Augustine, que je voyais comme une autre elle-même, vive, industrieuse et joyeuse ; l'édifiant parcours de Jules, l'enfant trouvé, adopté par la famille, qui avait fait une brillante et fulgurante carrière de pétomane dans les foires ; le terrible accident qui avait coûté la vie à son petit frère Jean, noyé à un an dans un baquet ; la triste histoire de Cécile, sa sœur, mariée à seize ans à Alphonse, veuve à dix-huit alors qu'elle attendait les jumeaux Émile et Ernest, morte à vingt-trois ans d'une tuberculose foudroyante ; la rencontre avec Germain, son Germain, mon papé.

Je crois bien que le bon Dieu lui avait posé une visière sur les yeux pour l'empêcher de voir ce qu'elle ne devait pas voir : la dureté de sa fille Albertine, la mésentente de ses fils, l'indifférence de mes cousines. Elle avait, une fois pour toutes, décidé d'enchanter son quotidien et elle y arrivait à peu de frais. C'était une magicienne, une magicienne de l'instant.

Je réalise que j'ai perdu le grand amour de ma vie, ma dame protectrice et ma plus sûre alliée. Ignorante que j'étais, je n'avais pas mesuré, lorsqu'elle était à mes côtés, combien elle m'était chère et indispensable.

Mercredi 16 juillet

Je reviens d'une promenade avec Germaine. Nous avons cueilli des coquelicots, des bleuets et quelques tiges de blé, et aperçu au loin monsieur Vincent qui travaillait à la lisière du champ des Catelain.

Germaine a eu beau s'époumoner en appelant : « Sieu Cent ! Sieu Cent ! », il ne l'a pas entendue. Et moi, je n'ai pas voulu le déranger. Il est tellement absorbé lorsqu'il peint !

Et puis je sens qu'il préfère être seul.

Jeudi 17 juillet

Monsieur Tom m'agace. Il m'a encore demandé de faire mon portrait. J'ai d'abord refusé, je ne suis pas à sa disposition, mais il a tant gesticulé, tant fait le grotesque, que j'ai fini par céder.

Je n'aurais pas dû.

Je me suis ennuyée à mourir à poser plus d'une heure, pour un résultat que je ne peux même pas qualifier. Sa peinture est bonne à jeter au fumier. Plus jamais il ne m'aura aux sentiments.

Monsieur Vincent est arrivé sur ces entrefaites. Monsieur Tom lui a montré fièrement son horrible forfait en disant : « Il y a une ressemblure pourtant, vous trouve pas ? » Il parle comme il peint : comme un cochon. Monsieur Vincent n'a pas répondu. Il s'est contenté de faire une petite moue dubitative qui ne ressemblait ni de près ni de loin à un compliment. Et puis ils sont allés déjeuner.

Vendredi 18 juillet

Ce matin, j'ai eu envie d'apporter un petit bouquet à mamé.

Au cimetière, j'ai rencontré monsieur Vincent qui se promenait tout seul entre les tombes. Il m'a dit qu'il aimait l'atmosphère des cimetières. Quand il était enfant, sa mère l'emmenait sur la tombe de son frère, qui est mort un an avant sa naissance et qui s'appelait Vincent comme lui.

Que de Vincent autour de lui : Vincent-l'oncle, Vincent-le-neveu et maintenant Vincent-le-frère ! Ça doit être difficile d'être soi quand on est un parmi d'autres.

Il dit que c'est étrange de voir écrit « Vincent Van Gogh » sur une pierre tombale lorsqu'on s'appelle soi-même Vincent Van Gogh.

Samedi 19 juillet

Monsieur Vincent m'a raconté qu'à Arles il aimait peindre la nuit. Pour y voir clair, il installait des bougies allumées sur son chapeau. Je me demande comment elles tenaient, ces bougies. Je l'imagine auréolé de lumière, toujours à deux doigts de s'embraser tout entier.

Dimanche 20 juillet

Aujourd'hui, monsieur Vincent devait déjeuner chez son ami le docteur Gachet, mais il a préféré décommander. La nourriture qu'on lui sert chez le docteur lui porte sur l'estomac. Les plats et les sauces y sont trop riches et les repas interminables avec grand couvert, vins de Bordeaux et de Bourgogne, hors-d'œuvre, entrée, plat, dessert. Il n'aime pas qu'on mette les petits plats dans les grands. Il m'a dit : « Je préfère la cuisine simple et saine de votre maman. »

Maman aime nourrir les gens. Elle n'est jamais aussi heureuse que lorsqu'un plat revient vide à la cuisine. C'est sa fierté, son titre de gloire. Entre deux tours de poêle, elle va s'assurer elle-même en salle que pensionnaires et clients sont satisfaits. Tous chantent ses louanges. Il faut les entendre s'extasier : « Quelle maîtresse femme !... Elle mène tout tambour battant... Et toujours souriante avec ça ! » S'ils la voyaient après le service ! Les grimaces et les bouderies, c'est à nous qu'elle les réserve.

Quand elle est à l'extérieur, madame Ravoux n'est que miel et sourires. Même avec moi. Elle me cajole, me sert des « ma chère fille », des « ma petite

Adeline », des « s'il te plaît, je te prie, pardonne-moi, merci » auxquels je ne suis guère habituée en privé. Qui pourrait, à l'entendre, imaginer la façon dont elle me parle lorsque nous ne sommes qu'elle et moi ?

Plus encore que la dureté de maman, c'est sa duplicité qui me fait mal. Elle prétend être ce qu'elle n'est pas. Je ne comprends pas comment papa peut s'accommoder de ces deux facettes qu'il connaît aussi bien que moi. Mais pour avoir la paix, il ne dit rien.

Lundi 21 juillet

J'ai reçu une lettre de Louis. Il est bien occupé et ne prévoit pas de venir avant le mois prochain. Les billets de train sont trop chers. Il lui faudra trouver une voiture. Je m'ennuie de lui. Je respire mal, j'ai le cœur comme enserré dans un filet d'acier. Tout me semble terne et sans intérêt depuis qu'il est parti.

Il y a une odeur pestilentielle dans la cour. Personne ne sait d'où ça vient.

Mardi 22 juillet

Ce matin, maman a pris le taureau par les cornes : elle a nettoyé la cour à grande eau. Mais elle a eu beau frotter et récurer, l'odeur persistait. Alors elle a demandé à papa d'aller voir chez Julien. Elle refuse, quant à elle, d'entrer dans sa chambre. Elle prétend que dans ce pucier on attraperait la mort.

Papa, qui lui obéit en tout au doigt et à l'œil, y est donc allé et en est aussitôt ressorti en hurlant « Julien ! ». Mais le garnement s'est bien gardé de se montrer.

Deux dépouilles de corbeaux se décomposent dans un coin de sa chambre. Papa les en a sorties au bout d'un bâton. Il se bouchait le nez : elles grouillent de vermine.

Monsieur Vincent, qui était là dans la cour, avec nous, avait l'air enchanté. Il prétend qu'à l'âge de Julien et à sa place il aurait sans doute fait pareil. Pour les os. « Pour les os ? » s'est exclamée Maman. « Oui, pour les os. C'est si joli, les petits os des oiseaux lorsqu'on laisse le temps les blanchir. » Maman n'a rien dit, mais j'ai bien vu qu'elle le regardait bizarrement.

Tout à l'heure, j'ai surpris une conversation entre mes parents. Ils étaient dans la cuisine.

– Je le trouve de plus en plus étrange, disait maman. Va savoir ce qu'il est capable de faire…

– Penses-tu, madame Ravoux ! C'est une pâte, cet homme-là. Il ne ferait pas de mal à une mouche.

– Et les os alors ?

– Quels os ?

– Il a bien raconté qu'enfant il tuait des oiseaux pour les os, non ?

– Tous les enfants le font.

– Tout de même, souviens-toi de ce que disait ton frère. Avant d'arriver chez nous, il était à l'asile. Tu sais bien, toi qui es si malin, qui on met dans les asiles.

– Bah !

– Les fous ! S'il ne tenait qu'à moi, je lui dirais d'aller ailleurs, à ton monsieur Vincent.

– C'est autant le tien que le mien.

– N'empêche qu'il me fait peur maintenant avec son regard fixe.

– Les femmes, ça se frappe toujours.

Je me suis éloignée avant qu'ils sortent de la

cuisine. Je connais maman. Elle arrivera à ses fins. Si elle a décidé que monsieur Vincent devait partir, alors il partira.

Jeudi 24 juillet

Ce matin, elle l'a cueilli avec un grand sourire alors qu'il descendait prendre son petit déjeuner. Elle a pris sa voix la plus caressante pour lui demander : « Alors on a bien dormi, monsieur Vincent ? », en le scrutant avec une telle attention que j'en étais gênée. Il s'est passé la main sur le front en marmonnant une réponse qui n'était ni oui ni non. Elle a poursuivi : « Il n'y a pas meilleur air que celui d'Auvers, mais vous travaillez tant, monsieur Vincent, que vous n'avez pas le temps d'en profiter. » Il a eu un petit sourire gêné : « Pas du tout, madame Ravoux, j'en profite au contraire beaucoup. »

Il n'avait pas envie de parler, ça se voyait. Mais elle, elle continuait. Elle a demandé des nouvelles de son frère, de sa famille en Hollande. Il baissait les yeux et répondait à petits mots en attendant que cesse ce feu continu de questions. Il me faisait pitié.

Finalement, elle est allée lui chercher son café. Et lui, il s'est assis lourdement à sa place, à la petite table isolée contre le mur, au fond de la salle, et il a attendu, les yeux dans le vide. Fixes. Il n'a pas bougé, n'a rien dit quand monsieur Tom est entré dans la pièce et s'est installé à une autre table en me faisant un clin d'œil. Il ne changera donc jamais ! Ils déjeunent souvent ensemble à midi, mais le matin, c'est chacun pour soi. Monsieur Tom sait bien que monsieur Vincent a besoin d'être seul.

Vendredi 25 juillet

Monsieur Vincent a une tache de peinture rouge sur la poche de sa veste. On dirait du sang.

Julien a réapparu. Il avait si peur que papa le punisse pour les corbeaux qu'il s'est terré on ne sait où pendant plusieurs jours. Il a inventé un nouveau jeu. Il se roule par terre en se tenant le ventre. Au début, nous pensions qu'il avait mal ou qu'il était malade, mais pas du tout. Une fois sur pied, il se porte comme un charme.

« Qu'est-ce que nous allons faire de lui quand il sera grand ? » a une fois de plus gémi maman. Papa n'a pas répondu. Je sais bien que, malgré sa tête fêlée, Julien est un peu le fils qu'il n'a pas eu.

Samedi 26 juillet

Il fait une chaleur à faire fondre les pierres.

Beaucoup de monde aujourd'hui.

Germaine a tant couru qu'elle a les joues rouges comme des briques. Je lui ai donné un grand verre de limonade qu'elle a descendu d'un trait.

À midi, un corbeau s'est posé sur la table d'une jeune dame qui déjeunait tranquillement sur la terrasse en compagnie de deux messieurs, et a commencé à picorer les restes dans son assiette. Elle a poussé un de ces cris ! J'ai bien cru qu'elle allait s'évanouir de terreur et de dégoût. « On n'a jamais vu ça », a dit maman.

Je pense à mon Louis. Je pense à Mamé que je ne reverrai plus. J'ai beau avoir mes deux parents, je me sens orpheline.

Dimanche 27 juillet

Par où commencer ? J'ai la main qui tremble. Il faut pourtant que je note ce qui est arrivé ce soir.

Monsieur Vincent, qui est toujours si ponctuel, n'était pas rentré à l'heure du dîner. Nous avons attendu un peu, puis nous avons servi le repas pour ne pas faire attendre les autres pensionnaires et nous nous sommes tous installés dehors pour prendre le frais. Quand je dis « nous », ce sont papa et maman, Germaine, monsieur Tom et moi. Il avait fait très chaud toute la journée et nous étions tous bien fatigués.

Il était plus de neuf heures lorsque nous l'avons vu arriver de loin. Il marchait curieusement, le torse en avant, plus penché que d'habitude, en se tenant le ventre des deux mains.

Maman a dit : « Nous commencions à être inquiets. Vous n'avez pas eu de problème au moins ? » Monsieur Vincent a marmonné : « Non, rien, je me… », sans terminer sa phrase. Et il a traversé le hall pour regagner sa chambre.

On s'est tous regardés. Ça ne lui ressemblait pas, de couper court à la conversation ; il est toujours bien poli, même s'il est discret et timide.

« Va donc voir ce qui se passe », a dit maman.

Papa n'avait pas très envie, ça sautait aux yeux, mais, comme d'habitude, il a obéi. Il est revenu au bout de quelques minutes. Il a dit qu'il lui semblait avoir entendu des plaintes.

« Eh bien ! Qu'est-ce que tu attends pour aller voir ? » a dit maman.

Quand il est redescendu, il était tout gris. Il a murmuré : « Monsieur Vincent a essayé de se tuer. Il s'est tiré une balle dans le ventre. »

« Mon Dieu ! s'est exclamée maman. Il faut aller chercher le docteur. » Monsieur Tom a proposé de s'en charger, mais il est vite revenu : le cabinet du docteur était fermé. Un dimanche soir, il fallait s'y attendre.

Alors on est allé chercher l'ami de monsieur Vincent, le docteur Gachet, qui ne travaille pas à Auvers mais qui y habite. Il est arrivé peu de temps après avec des compresses et des bandages.

À l'heure où j'écris, il est encore dans sa chambre. Je n'y comprends rien. Pourquoi monsieur Vincent a-t-il voulu se tuer ? Il avait l'air fatigué et absent depuis quelques jours, mais pas désespéré. Il avait même bien ri quand papa avait sorti les corbeaux de la chambre de Julien en se bouchant le nez. Où a-t-il bien pu trouver ce pistolet ?

Lundi 28 juillet

Papa et monsieur Tom ont veillé monsieur Vincent toute la nuit.

Il paraît qu'il a demandé sa pipe et qu'il a fumé presque tout le temps.

Peut-être que ça le soulage, de fumer. Mais tout de même, quand on a une balle dans le ventre ! Papa m'a dit qu'il souffrait beaucoup. Dès qu'il s'assoupissait, il gémissait dans son sommeil.

Le docteur Gachet s'est contenté de lui bander le ventre. Il a dit qu'il n'y avait plus rien à faire. La blessure est trop profonde, la balle s'est logée juste en dessous du cœur, et là où elle est, on ne peut pas l'extraire. Est-ce que ça veut dire qu'il va mourir ?

Monsieur Vincent a demandé à papa de coller l'oreille sur son ventre pour écouter ce qui se passait à l'intérieur. Papa a été effaré du bruit qu'il y avait là-dedans : un vrai torrent souterrain. Il dit qu'il doit avoir une hémorragie interne.

Ce matin, maman m'a demandé de leur monter un café, mais moi, je ne voulais pas. Ça m'impressionne, de voir monsieur Vincent maintenant qu'il a voulu se suicider. Maman s'est moquée de moi, elle a dit que je n'étais qu'une chochotte et qu'il fallait prendre sur soi dans la vie. Enfin, j'ai bien été obligée d'y aller.

Monsieur Vincent était allongé dans son lit, la pipe à la bouche. Il était aussi blanc que le drap. Dans la chambre, ça sentait très fort la peinture à cause de toutes ces toiles qu'il entasse sous son lit pour les faire sécher. Il m'a souri et a dit : « Vous voyez, mademoiselle Adeline, j'ai fait une bêtise. » Il était comme toujours, à la fois intimidant et émouvant, comme un enfant qui aurait grandi trop vite.

Je n'ai pas su quoi dire. J'ai posé le café sur la table et je suis sortie. Plus tard, les gendarmes sont arrivés. Il y avait Rigaumon et un autre que je ne connaissais pas. Ils sont restés un moment là-haut dans la chambre, puis ils sont redescendus. Maman, qui était curieuse d'en savoir plus, leur a proposé un café. « Y a pas idée de s'arranger comme ça, disaient-ils, un homme costaud comme lui ! Si c'est pas malheureux ! »

Il paraît que quand ils lui ont demandé pourquoi il s'était suicidé et avec quelle arme, il leur a répondu qu'il était libre de faire ce qu'il voulait de sa personne.

On attend son frère d'un moment à l'autre. On a envoyé un télégramme chez Goupil, le marchand de tableaux pour lequel il travaille, afin qu'il vienne sans tarder.

Mardi 29 juillet

Monsieur Vincent nous a quittés cette nuit vers une heure du matin. C'est son frère Théo qui nous l'a dit. Il est arrivé hier après-midi et est resté seul avec lui jusqu'à la fin.

Ce matin, à la première heure, il est allé commander un cercueil chez monsieur Levert qui a promis de le lui livrer demain.

Papa ne savait pas très bien quoi faire avec un mort dans l'auberge. C'était la première fois. Finalement, il a baissé le rideau. Seule la porte reste ouverte. Julien répète : « Mal monsieur Vincent » en se tenant le ventre. S'il pouvait se taire ! Germaine va de l'un à l'autre sans comprendre. Quant à ce pauvre monsieur Théo, il fait peine à voir. Je me suis souvenue que monsieur Vincent m'avait dit que sa femme et son petit garçon étaient actuellement en Hollande. Ils doivent lui manquer.

Mercredi 30 juillet

Nous avons enterré monsieur Vincent ce matin, à peine trois semaines après notre mamé.

L'abbé Tessier a refusé à monsieur Théo le corbillard de l'église. « Pas de voiture pour les suicidés ! » Voilà ce qu'il a dit et il n'a pas voulu en démordre.

Monsieur Théo s'est démené comme un beau diable pour emprunter la carriole de Méry-sur-Oise. On a hissé le cercueil de monsieur Vincent dessus et on l'a recouvert d'un drap blanc sur lequel on a disposé quelques fleurs, des dahlias et des tournesols, ses fleurs préférées.

C'était d'une tristesse ! Il y avait là des gens de Paris, des amis, peut-être peintres comme lui, peu nombreux mais tous effondrés.

Le soleil tapait comme jamais. Je ne connais pas de bruit plus sinistre que celui d'une poignée de terre tombant sur le couvercle d'un cercueil en bois.

Après la cérémonie, tout le monde s'est retrouvé à l'auberge pour déjeuner. Les circonstances n'ont pas empêché ces messieurs de faire honneur au bœuf bourguignon qui avait mijoté pendant que nous enterrions monsieur Vincent. Ils en ont même redemandé. Et le vin aidant, les langues se sont déliées. Certains ont raconté à mi-voix qu'il n'allait pas bien depuis longtemps, monsieur Vincent, qu'il avait des « crises », mais qu'à Auvers il semblait avoir enfin trouvé un équilibre. Il paraît que c'était bien pire quand il était à Arles ; il avait des hallucinations et c'est sans doute en proie à l'une d'elles qu'il s'était coupé l'oreille. C'est assez mystérieux, cette histoire… J'ai cru comprendre qu'il n'était pas seul ; il y avait un autre peintre avec lui, un dénommé Gogain. Je ne suis pas sûre du nom.

Son marchand de couleurs à Paris, monsieur Tanguy, a raconté comment il avait fait son portrait tout entouré d'images du Japon. Lui, on peut dire qu'il apprécie vraiment la peinture de monsieur Vincent. Il clame que c'était un génie et que si les gens n'ont rien compris à son art de son vivant, c'est parce qu'il était trop en avance sur son temps. « Vous verrez, disait-il en brandissant son verre, on entendra un jour parler de Vincent Van Gogh. Il a ouvert une voie nouvelle en peinture. » Et il répétait : « C'était un visionnaire ! Un visionnaire ! »

Quand il a parlé de voie nouvelle, j'ai pensé au sillon de terre rouge qui s'ouvre entre les blés jaunes dans son tableau aux corbeaux, un des derniers qu'il a peints.

Seul monsieur Théo restait silencieux. On voyait bien qu'il avait trop de peine. J'aurais voulu lui dire combien j'aimais son frère, mais je n'ai pas osé.

Jeudi 31 juillet

Ils sont tous repartis.

Je repense à ce qu'a dit l'un d'eux : « Les hommes comme lui ne meurent pas. Ils continuent à vivre à travers leurs œuvres. » Mais moi, ça ne me console pas, parce qu'il n'était pas connu et que personne ne semblait vraiment apprécier sa peinture, à l'exception de monsieur Tanguy et peut-être de son frère. Encore que, en ce qui concerne monsieur Théo, rien ne soit moins certain. Il paraît qu'il a chez lui, entreposées dans son appartement parisien, toutes les toiles de monsieur Vincent – il y en a des centaines –, mais qu'il n'en a jamais vendu aucune, alors qu'il est marchand de tableaux. Je me demande bien pourquoi. Il vend bien les peintures des autres, alors pourquoi pas celles de son frère ? S'il avait vraiment aimé son travail, il se serait décarcassé ; il lui aurait au moins organisé une exposition. C'est important pour un créateur, de montrer son travail. Et puis ça lui aurait fait tellement plaisir, à monsieur Vincent, de réunir tous ses amis autour de ses tableaux. Ça aurait été autre chose que de se retrouver, la mine désolée, autour de son cercueil.

Vendredi 1er août

Ce matin, j'ai surpris papa en train de regarder le tableau de la mairie d'Auvers que monsieur Vincent lui avait offert il n'y a pas quinze jours. Il a dit : « Ce n'était pas terrible ce qu'il peignait, mais c'était un chic type. » Maman a haussé les épaules : « Tu ne m'enlèveras pas de l'idée qu'il était complètement fou, ton chic type. »

« Je ne crois pas, a dit papa, il n'a pas eu de chance, c'est tout. » Je suis d'accord avec lui.

Samedi 2 août

Monsieur Tom nous a annoncé qu'il partait. Il retourne en Hollande. Il m'a proposé de venir le voir là-bas, « si votre cœur vous le dit ». Il a fait des progrès en français, mais je doute sincèrement que mon cœur me dise jamais rien de tel.

« Ce n'est pas tout, mais la vie continue », a dit maman en faisant revenir sa blanquette de midi.

La vieille dame ne peut réprimer un sourire en refermant le carnet. Que le mot de la fin revienne à madame Ravoux, voilà qui est dans l'ordre des choses. Elle avait toujours le dernier mot. Cela dit, elle n'avait pas tort : rien, ni les malheurs ni les drames, n'empêche la vie de continuer.

Combien d'années ont passé ? Soixante-trois, bientôt soixante-quatre ans ? Sous ses doigts, sous sa paume, elle sent l'imperceptible grain de la couverture en cuir de son vieux petit carnet ; elle en reconnaît la texture, les infimes imperfections, comme elle a reconnu son écriture d'autrefois, tout en pleins et déliés appliqués. Elle avait treize ans, presque quatorze, cet été-là, à Auvers. L'été 1890. Dans quelques mois, elle en aura soixante-dix-sept. Mais, dans le fond, a-t-elle tant changé ? Dans le miroir, oui, bien sûr, ses cheveux ont blanchi, son visage s'est terni, ses yeux ont pâli, mais son sourire est bien toujours le même. Il a traversé toutes ces années sans s'altérer, presque sans prendre une ride.

Elle a relu son journal d'une traite. Et au fur et à mesure, tous les détails, les plus infimes soient-ils, lui sont revenus en mémoire. Comme une dentelle funèbre. Elle était si jeune et naïve en ce temps-là !

Elle revoit monsieur Vincent, long, roux et jaune, avec son épaule plus haute que l'autre, sa voix lente, un peu traînante, son bon sourire lorsqu'il parlait de peinture ; mamé, dans sa cuisine, le pas alerte, l'œil vif, les mains affairées à quelque travaux de couture ; les yeux gris pâle de Julien, ses yeux de vent, absents, sous la masse de cheveux bouclés. Elle revoit son père, toujours un peu sur la réserve – comme il lui semblait vieux à l'époque ! Il n'avait pourtant que quarante-deux ans. Et madame Ravoux, si sèche, si constamment tendue, hostile et guerrière à l'heure de leurs affrontements quotidiens. Et Hélène, Hélène-la-si-pâle, dont elle peine à faire surgir le beau visage, alors que la bouille rieuse de monsieur Tom s'impose comme s'ils s'étaient quittés hier. Et Germaine et le marchand de sable ; et Louis, enfin, Louis, bien sûr, son Louis, si tendre, si délicat, Louis, son premier amour. Tous morts ou disparus, à l'exception de Germaine, aujourd'hui grand-mère comme elle.

Demain, elle a rendez-vous avec un journaliste de *La Quinzaine littéraire*. Un monsieur très courtois, qui a dit souhaiter l'interroger sur Vincent Van Gogh.

Soudain, plus de soixante ans après la mort de monsieur Vincent, on se souvient de son existence, et qu'ensemble ils ont vécu deux mois – les deux derniers mois de sa vie – sous le même toit. Elle, la fille des aubergistes, la fille en bleu du portrait, et lui, le peintre dont personne ne peut plus prétendre ne pas connaître au moins un tableau. Oui, si étrange que cela puisse paraître, pour la première fois depuis sa mort, on se préoccupe de connaître la version des faits d'Adeline Ravoux.

Le journaliste a dit qu'il voulait tout savoir de sa vie à l'auberge, qu'il n'y avait pas de détails triviaux ou sans importance. Tout l'intéresse : à quelle heure il se levait, ses plats préférés, son emploi du temps au jour le jour, et surtout comment ça s'était terminé. Mais qu'est-ce que ça va changer ? Elle a entendu tant de sottises sur la fin de monsieur Vincent au cours de ces dernières années !

De tous ceux qui l'ont approché et connu, elle sait bien qu'elle est aujourd'hui la seule survivante. Le neveu, l'autre Vincent, celui qu'on appelle

« l'Ingénieur », n'avait que quelques mois lorsque son oncle est mort. Que par la suite il ait beaucoup fait pour la création d'un musée Vincent Van Gogh aux Pays-Bas, c'est une autre histoire. Mais pour ce qui est des souvenirs, il n'en a aucun, c'est certain.

Demain, elle racontera la balle tirée à bout portant sur le petit chemin qui longe le château d'Auvers – ce qu'il faut bien appeler « le suicide » –, le sang de Vincent et les larmes de Théo. Du croustillant pour les lecteurs.

Monsieur Vincent, *son* monsieur Vincent, qui n'a pas vendu une toile de son vivant, est devenu le peintre le plus cher du monde. Ses tableaux atteignent des prix faramineux. Tous les journaux en font des gorges chaudes. Si elle avait gardé son portrait, elle serait riche à l'heure qu'il est. Mais son père l'a vendu pour une bouchée de pain à des Américains qui avaient flairé la bonne affaire. Vingt francs, et encore vingt francs le tableau de la mairie d'Auvers qu'il n'aimait pas non plus. La peinture de Van Gogh, il faut bien avouer qu'on n'y comprenait pas grand-chose chez les Ravoux. Quarante francs en tout, la belle affaire ! Mais quelle importance !

Elle repense à Louis, son Louis de dix-sept ans, tel qu'il était au cours de cet été 1890. Comme elle l'aimait ! La vie les a séparés, mais elle ne l'a jamais oublié. Il a été happé par Paris ; bientôt, il a cessé de lui donner des nouvelles, n'a plus répondu à ses lettres jusqu'à ce que finalement elles lui reviennent avec la mention « Inconnu à cette adresse ». Elle n'a jamais su ce qu'il était devenu. Peut-être a-t-il embarqué sur le grand voilier de ses rêves pour ce tour du monde qui lui faisait briller les yeux ? Peut-être a-t-il coulé des jours heureux au loin, en Inde, au Japon ou au Pérou. C'est en tout cas ce qu'elle lui a toujours souhaité.

Sur le moment, elle a bien cru qu'elle n'y survivrait pas. Et puis le temps a passé, le temps qui adoucit tout, même les cruelles peines d'amour, et elle a rencontré Georges et elle l'a épousé. Il était solide et travailleur, bon vivant aussi. Il lui a donné de beaux enfants.

Si le bonheur existe, alors oui, elle peut dire qu'elle a été heureuse avec lui. Mais jamais, jamais, elle n'a oublié Louis. Pas plus qu'elle n'a oublié monsieur Vincent. L'histoire de l'oreille coupée, la bagarre avec Gauguin, elle en a appris tous les détails, comme les autres, après sa mort, en en lisant le récit dans les journaux et dans les livres. Qu'il se soit coupé l'oreille après s'être disputé avec Gauguin et qu'il soit allé porter ce petit bout d'oreille à Rachel, une prostituée d'Arles, qu'est-ce que ça peut faire ? Ça ne change rien à ce qu'elle pense : il n'était pas plus fou qu'un autre. Seulement très seul et plus sensible que la moyenne des gens, et puis, oui, certainement, meurtri de ne pas être reconnu dans ce qu'il faisait.

Les ombres se sont étirées et la nuit est tombée doucement, sans qu'elle s'en aperçoive.

Il n'y a pas un bruit dans la maison. Depuis la mort de Georges, le silence est assourdissant. Plus de parquet qui craque, plus de raclement de gorge ni de toux, plus de porte qui claque, plus de clé qui couine dans la serrure. La vieille dame ferme les yeux et se frotte lentement les tempes dans un léger mouvement circulaire. Depuis quelque temps, elle est sujette aux vertiges.

Elle se lève enfin, un peu chancelante, et s'approche de la cheminée. Elle prend un vieux journal qui se trouvait là, en froisse une feuille, dispose quelques brindilles de bois sec et craque une allumette : la flamme jaillit, embrasant la feuille, et le bois se met aussitôt à crépiter.

Alors elle prend une dernière fois le petit carnet, à deux mains, presque religieusement, et le pose délicatement sur le minuscule brasier. La couverture de cuir noir se ride, se fripe doucement, et commence à roussir en répandant une odeur de couenne brûlée. Le feu mord la tranche, s'insinue entre les pages, dévore goulûment les souvenirs de l'Adeline d'autrefois.

Une petite fumée s'élève, une fumée ténue et bleutée qui emporte en silence les ombres de Louis et de monsieur Vincent le long du conduit de cheminée. Vers le ciel.

À propos de l'histoire :
ce qui est vrai et ce qui ne l'est pas

« Cette semaine, écrit Vincent à son frère Théo, j'ai fait le portrait d'une jeune fille de seize ans ou à peu près, en bleu contre fond bleu, la fille des gens où je loge. Je lui ai donné ce portrait, mais j'en ai fait pour toi une variante, une toile de 15. » La lettre est datée du mardi 24 juin 1890, et la jeune fille s'appelle Adeline Ravoux. Vincent lui donne trois ans de plus que son âge : en fait, elle n'a que treize ans.

Si le journal d'Adeline est fictif, les personnages qui le traversent ont, pour la plupart, réellement existé : M. et Mme Ravoux, ses parents, étaient les propriétaires de l'auberge où Vincent prit pension de mai à juillet 1890 ; Germaine, leur fille cadette, était alors âgée de deux ans ; les peintres Tommy Hirsching et Martinez de Valdivielse, qu'Adeline appelle monsieur Tom et monsieur Martinez dans son journal, ont bien fréquenté l'auberge au cours de cet été-là. Ces personnages, je leur ai donné chair et vie, à mon idée, à ma façon, sous la plume d'une Adeline de treize ans, en m'inspirant du témoignage que celle-ci rédigea en 1956, soit soixante-six ans après les faits. J'ai pris la liberté de leur prêter des traits de caractère, des attitudes, des sentiments dont je ne sais pas s'ils furent les leurs dans la réalité. J'ignore si la vraie Adeline était en conflit avec sa mère, si elle avait une merveilleuse relation avec sa grand-mère, si elle était amoureuse d'un jeune apprenti menuisier, si plus tard elle épousa un Georges, un Édouard ou un François. Cette Adeline, je l'ai faite mienne. Si je ne l'ai pas créée de toutes pièces, on peut dire que je l'ai façonnée à ma fantaisie.

Quant aux autres, ils sont entièrement de mon invention : Hélène, la discrète servante ; Julien, le garçon simple et visionnaire ; mamé, la grand-mère chérie d'Adeline ; Louis, son amoureux d'un été, et quelques personnages secondaires qui apparaissent de façon plus fugitive. Quant à Vincent Van Gogh, c'est à travers sa correspondance avec Théo que j'ai reconstitué son emploi du temps durant ces deux mois. On peut trouver ses lettres sur le site *www.vangoghletters.org* enrichies de commentaires et de tableaux. Le site est en anglais, mais les lettres sont en français, langue dans laquelle Vincent écrivait.

Chronologie de la vie de Vincent Van Gogh

30 mars 1853 : naissance de Vincent à Groot Zundert, aux Pays-Bas. Son père est pasteur. Cinq enfants suivront, dont Théo, le frère chéri, qui naîtra en 1857.

1869-1879 : Vincent se cherche, s'essaie à de nombreux métiers : marchand de tableaux, prédicateur, libraire. Il aurait aimé être pasteur comme son père, mais on lui fait comprendre qu'il n'est pas fait pour cela.

1881-1882 : premières peintures à l'huile. Les couleurs sont sombres. Vincent dessine d'après les gravures d'artistes illustres.

1886 : il part pour Paris rejoindre Théo. Il y rencontre la plupart des peintres impressionnistes – entre autres Monet et Renoir – ainsi que Gauguin et le père Tanguy qui vend des couleurs et expose les artistes dans sa minuscule boutique. La palette de Vincent s'éclaircit.

1888 : Vincent s'installe à Arles. Il est ébloui par la lumière et les couleurs éclatantes du Sud. Il peint beaucoup. Il va bientôt louer la « maison jaune », où Gauguin le rejoint. La veille de Noël, lors d'une dispute, Vincent se coupe le lobe de l'oreille et va le porter chez une prostituée de la ville. Il est hospitalisé.

1889 : Vincent est interné à l'hospice de Saint-Rémy-de-Provence. Ce n'est pas un malade comme les autres : il est libre d'entrer et de sortir à sa guise. Il continue à peindre.

Mai 1890 : il revient dans la région parisienne où il fait la connaissance de son neveu Vincent, le fils de Théo, né trois mois auparavant. Il s'installe à Auvers-sur-Oise à la pension Ravoux, en face de la mairie. Le docteur Gachet est chargé de veiller sur lui. Il peint parfois jusqu'à trois toiles par jour.

27 juillet 1890 : Vincent se tire un coup de revolver dans le ventre. Il meurt deux jours plus tard, le 29 juillet, et est enterré le lendemain dans le petit cimetière d'Auvers. Il avait trente-sept ans.

En huit ans de travail, Vincent Van Gogh a peint plus de huit cents toiles et n'en a quasiment vendu aucune. Aujourd'hui, il est l'un des peintres les plus célèbres du monde.

Marie Sellier

Les peintres sont des aventuriers, de merveilleux explorateurs, au même titre que Christophe Colomb ou Magellan. Ils font surgir des continents qui nous enchantent et nous aident à supporter les pesanteurs de la vie. Nous avons tous besoin de fenêtres qui ouvrent sur la beauté. L'art n'est pas un luxe mais une nécessité. Voilà pourquoi je ne me lasse pas d'en parler et de raconter l'histoire de ces voyageurs hauts en couleur, rêveurs de mondes. J'ai déjà approché Van Gogh à travers plusieurs livres et je lui ai consacré un film. Aujourd'hui, je l'aborde avec les yeux d'Adeline, la fille des aubergistes chez qui il passa les deux derniers mois de sa vie. Je ne savais pratiquement rien d'elle, rien ne m'empêchait d'imaginer qu'elle avait tenu un journal intime, celui d'une jeune fille de la fin du xixe siècle, intelligente, curieuse et passionnée.

Quelques livres du même auteur :

AUX ÉDITIONS NATHAN
Peinture, entrée libre, Nathan
Art primitif, entrée libre, Nathan

CHEZ D'AUTRES ÉDITEURS
V comme Van Gogh, collection L'enfance de l'art, Réunion des Musées Nationaux
Voyage au musée d'Orsay, Réunion des Musées Nationaux
L'Afrique, petit Chaka, Réunion des Musées Nationaux.

UN FILM
Moi, Van Gogh (réalisation François Bertrand et Peter Knapp), Caméra Lucida, disponible en DVD.

N° éditeur : 10171864 - Dépôt légal : janvier 2011
Imprimé en France par Hérissey à Evreux (Eure) - N° 115549